乃木若葉は勇者である

」

kaba
SHA
ru

企画原案・シリーズ構成
タカヒロ
（みなとそふと）

執筆
朱白あおい

イラスト **BUNBUN**
バーテックスデザイン **D.K&JWWORKS**
監修 **Project 2H**

乃木若葉は勇者である 上

CONTENTS

Nogi Wakaba wa YUSHA de aru

大赦書史部・巫女様
検閲済

本日午後、
丸亀城より瀬戸内海を臨む。
ここに立つ度に、私は自らの誓いを改める。
奪われた世界を必ず取り戻す、と。
我ら勇者はそのための矛。
数はわずかなれど為し遂げなければならない。
仲間たちの中でも、
友奈の前向きな姿はこの世界では得難いものだ。
[redacted]は不安定な面が見えるが……。

勇者御記　西暦二〇一八年八月
乃木若葉記

第一話 ―芽出―

vol.1

Planning and configuration by Takahiro
Writing by Akashiro Aoi
illustration by BUNBUN
Vertex Design by D.K&JW WORKS
Supervision by Project 2H

二〇一八年七月三〇日。

乃木若葉《のぎわかば》は香川県丸亀城の本丸石垣の上に立ち、瀬戸内海を見つめていた。

手に持つのは一振りの刀。物心ついた頃から居合を修めてきた若葉にとって、その重みは体に馴染んでいる。

真夏の日差しが頭上から降り注ぎ、肌に汗がにじむ。周囲ではセミが騒がしく鳴いていた。

彼女は目を閉じる。

今でも鮮明に思い出せる——あの日の絶望と怒りを。

＊　＊　＊

二〇一五年七月三〇日、夜。

当時小学五年生の乃木若葉は、島根県にある神社の神楽殿に避難していた。

修学旅行で香川から島根へやってきていた若葉は、そこで強い地震に見まわれた。地震はその後も断続的に起こり、教師たちが非常事態と判断して、地域の避難所である神社へ生徒たちを移動させたのだ。神社に避難した人の数は、近隣住人も合わせてかなり多い。

授業日数の関係で若葉の学校は夏休み中に修学旅行が行われるが、まさかこんな災害に巻き込まれるとは想像もしていなかった。

学級委員長の若葉はクラスメイトの点呼を取り、全員揃っていることを担任教師に伝えた。教師から聞いた話によると、地震は島根だけではなく、全国各地で起こっているらしい。その影響で津波や地割れなども起こっており、日本中で被害が出ている……と。

しかし、避難してきた若葉と同学年の生徒たちは、修学旅行中に起こったこのイベントをむしろ楽しんでいるようだ。友達同士で話したり、スマホを持っている人はニュースサイトを見たりしている。

「明日もここにいないといけないのかな？」

「えー、せっかく修学旅行なのに」

「誰かトランプとか持ってない？」

三人組の女子グループがおしゃべりをしていた。

若葉は彼女たちの方に目を向ける。

（注意した方がいいか……いや、そこまでする必要はないな。むしろこうやっておしゃべりすることで、不安は和らぐだろうから）

そんなことを思っていると。

「……あ、乃木さんがこっち睨んでるよ」

「あたしたち、ちょっと騒ぎすぎ？」

「怒られるから、静かにしてよう」

さっきまで話していた彼女たちは、すっかり静まり返ってしまった。

（あ……別に怒るつもりはなかったのに。……私の顔、そんなに怖く見えるのか……？）

「わーかーば、ちゃん」

後ろから声をかけられて振り返ると、パシャリとカメラのフラッシュが光った。クラスメイトにして幼なじみの上里《うえさと》ひなたがスマホを構えていた。

「物憂げな表情の若葉ちゃん……んー、絵になりますね。背景が社殿の中というのも良いです。私の若葉ちゃん秘蔵画像コレクションがまた一枚増えました」

「ひ〜な〜た〜……私の写真など集めるな、消せ！」

「イヤです！　この画像コレクションは私のライフワークですから！」

わけの分からないことを堂々と宣言するひなた。

「そんな怖い顔をしないでください。眉間にしわが寄っちゃいますよ。ぐりぐり」

「……人の眉間を指で押すのはやめてくれ」

「ちょっと解《ほぐ》してあげようかと思いまして。そんな風に厳しい顔をしているから、さっきみたいにクラスメイトに怖がられちゃうんです」

「み……見ていたのか」

若葉は恥ずかしさで顔が熱くなる。

「まぁ若葉ちゃんは生真面目すぎますからね。一年生の時からずっと学級委員長で超優等生。クラスの人たちから『鉄の女』ってイメージで見られてますし」

「うぐ……」

自分でも自覚していたが、改めて言われるとショックである。

「でも……そんなイメージ、壊しちゃえばいいですよね！」

ひなたはにっこりと笑って若葉の手を取り、さっきの女子クラスメイトのグループの方へ歩き出した。

「お、おい、待て!?」

「こんばんはー」

　戸惑う若葉を無視し、ひなたは彼女たちに声をかけてしまった。彼女たちは何事かとキョトンとしている。

「すみません、実は若葉ちゃんが皆さんに混じっておしゃべりしたいと」

「ひ、ひなた、何を!?」

「何を恥ずかしがってるんですか。さっきもですね、みんなを注意しようと思ってたんじゃなく、どうやって話しかけようかなーなんて可愛らしい悩みを抱えていただけなんです」

「な、そ、そんなことは――」

　否定しようとすると、ひなたが手で若葉の口を塞いでしまった。

「んー、んー!」

　女子たち三人組は少しの間キョトンとして――

　やがて吹き出すようにして笑った。

「へー、なんか乃木さんのイメージ変わった」

「いつもきちんとしてるし、すごく優等生だし」

「そうそう、もっと厳しくて怖い人かと思ってたー」

「そうなんですよねー。あと、若葉ちゃんは無愛想だから損をしていると思うんです」

　妙な成り行きだが、若葉とひなたは女子グループ三人に混ざっておしゃべりをしていた。ひなたに至っては、まるで数年来の友人のように親しげに話している。誰とでも仲良くなれる彼女の気さくさは、若葉にはないものだった。若葉は生真面目すぎる性格のせいで、クラスの中では少し浮いている。

「でも、中身はすっごくかわいい女の子なんですよ。それはこの上里ひなたが保証します。だから、仲良くしてあげてくださいね」

「か、かか、かわいい……？　何を言ってる!?」

　若葉が睨んでも、ひなたは「まぁまぁ」と悪びれもしない。

「あはは、面白い。大丈夫だよ、私たち、もう乃木さんと友達だし」

　彼女たちは若葉とひなたのやり取りを見て、笑いながらそう言った。

しばらくおしゃべりした後、若葉は神楽殿の外に出た。夜と言えど七月の暑さは相当のもので、少し夜風に当たりたかった。

古来、神社の鳥居は外界との境界という意味を持っていた。まだ人々が信仰心を忘れていなかった時代、神社は異界とされていたのだ。若葉は神社の持つそんな意味など知らなかったが、この場の静謐《せいひつ》な空気を感じることはできた。

空を見上げると、無数の星が輝いている。

「若葉ちゃん、こんなところにいたんですね。もうだいぶ遅い時間ですよ。寝ないんですか？」

ひなたも外に出てきて、若葉の隣に立つ。

「寝ている間に何か問題が起こるかもしれないからな。念のために起きておこうと思う」

「先生方が起きててくださいますよ」

「私は学級委員長だから、責任がある」

「はぁ～……本当に若葉ちゃんは。真面目すぎるというかなんというか」

少し呆れたようにひなたは微笑んで、

「だったら、私も起きてますよ」

「……付き合う必要はないぞ」

「いいえ、私は若葉ちゃんの幼なじみですから。ずっと一緒にいます」

はっきりとした口調でひなたがそう答えると、若葉としてもそれ以上強く言えなかった。

「……ひなた」

「なんですか？」

「さっきはありがとう。ひなたがいてくれなかったら、さっきもまたクラスメイトたちから距離を置かれてしまうところだった」

「いえいえ、私は若葉ちゃんが誤解されてるのが嫌だっただけですよ」

当然のことのようにひなたはそう言った。

しかし、それでは若葉の気が済まない。

「何事にも報いを。それが乃木の生き様だ」

それは若葉の祖母がよく口にする戒めの一つ。祖母を慕っている若葉は、その言葉をとても大事にしていた。

「だから私は、ひなたの友情に報いたい。してほしいことがあったら、なんでも言ってくれ」

「そこまで言うなら……う～ん、では私の若葉ちゃん秘蔵画像コレクションを増やすために、何か……コスプレとかいいですかね。……この際だから少し過激な……」

ひなたが不穏なことをつぶやき出す。

早まったかもしれない……と若葉は少しだけ後悔した。

「まぁ、何をしてもらうかは後でじっくり決めます。とにかく、若葉ちゃんはもっと気楽にクラスの人たちに話しかけたらいいんですよ。そしたら、みんなも若葉ちゃんのことを分かってくれて、もっと仲良くなれると思います。もし一人で話しかけるのが気後れするなら、さっきみたいに私が手伝いますから」

ひなたの言葉がゆっくりと若葉の体に染み入っていく。

（もっとみんなと仲良くできる……か）

若葉はクラスで少し浮いているが、彼女自身も無意識に他のクラスメイトから距離を置いてしまっているのかもしれない。さっきも実際に話してみたら、簡単に仲良くなれたのだから。

「ああ、ですが、そうして若葉ちゃんがクラスで人気者になってしまったら、もう私に構ってくれなくなるかもしれません。私は過去の女として捨てられてしまうんですね……よよよ」

「な、何を言っているんだ!?　そんなわけがないだろう！　ひなたは何があっても私の一番の友達だ！」

慌てて言う若葉に、ひなたはおかしそうに笑う。

「冗談ですよ。若葉ちゃんったら――」

突如、地面が激しく揺れ始めた。

（これは……今までの地震とは段違いに大きい……！）

立っているのさえ困難なほどの揺れだ。若葉は中腰になって倒れないように体勢を保つ。隣にいたひなたは、小さな悲鳴をあげて地面に尻もちをついた。

揺れは十数秒ほど続いた後、次第に収まっていく。

「すごい揺れだったな……ひなた、大丈夫か？」

若葉はひなたに手を差し出す。

しかし彼女はその手を取ることなく、真っ青な顔をしてつぶやいた。

「怖い……」

「え?」

ひなたの体が小刻みに震えている。

「わ、若葉ちゃん……な……何か、すごく、怖いことが……」

そう言って彼女は空を見上げた。

何かあるのかと思い、若葉も顔を上げる。

それは一見、なんの変哲もない星空のようだった。

だが、違う。

無数の星々は、まるで水面を漂うように蠢いていた。

星のように見える『それ』は鳥か何かだろうか、と若葉は思った。

しかし、動きが不規則な上に、夜にあれほど多くの鳥が空を飛んでいるのはおかしい。

そして星々の幾つかが次第に大きくなっていき――


絶望が、空から降ってきた。


星のように見えたものの一つが、神楽殿の屋根に落下した。それはやはり鳥などではなかった。全身が不自然なほど白く、人間よりも遥かに巨大で、不気味な口のような器官を持つモノ。陸棲生物とはかけ離れた進化を辿った深海生物か、あるいは不完全な状態で生まれてしまった無脊椎動物のようにも見えた。しかし、それは明らかに人間が知るあらゆる生物と異なってい て、ゆえに最も単純にして適切な名称をつけるなら、こう呼ぶべきだろう――『化け物』と。

それは一匹ではなかった。二匹、三匹……と次々に落ちてきて、神楽殿の屋根や壁を食い破り、中に侵入していく。

「なんだ、あれは……?」

異常な光景に若葉は呆然と立ち尽くす。

ゆらり――と、ひなたが立ち上がった。彼女の目にはどこか異様な光が宿り、口からは呪詛のような言葉が漏れる。


「――……――……――」

どうしたんだと若葉が問おうとした瞬間、神楽殿の中から、悲鳴と共に弾かれたように人々が逃げ出てきた。

「きゃあああああああああああっ!!」

「な、な、なんだ、あの化け物はっ!?」

(くっ!)

咄嗟に若葉は神楽殿へ駆け出す。その手をひなたが掴んだ。

「私も行きます」

ひなたの目からはさっきの異様な光が消え、代わりに強い意志が感じられた。口調もしっかりしている。

さっきの異常な様子はなんだったのか……しかし、考え込んでいる余裕はない。今はとにかくクラスメイトたちを守らなければ——若葉はそう思った。

若葉とひなたは神楽殿に駆け込む。

そこで二人が見たものは——喰らわれる人間たちの姿だった。

白い異形の生物たちは、その口のような器官で、逃げ遅れた者を貪っていた。口は人の血で紅く染まり、巨体の下には食い残した人間の欠片が残っていた。その中には若葉と同学年の生徒たちの、変わり果てた姿もあった。

「あ……ああ……」

若葉の口から呻きが漏れる。

目の前の光景が信じられなかった。あまりに現実感がない。つい数十分ほど前まで楽しく話していた友達が、今は物言わぬ姿に成り果てている。

「うああああああああああああああっ!!」

若葉は異形の生物たちに向かって駆けた。友達を殺されたという怒りと、これ以上誰も殺させないという使命感が、少女を突き動かした。走りながら、屋根が破壊された時に落ちたのだろう木材の切れ端を手に取り、化け物の一匹にその先端を突き刺す。

しかし……なぜか手応えがまったくない。

虫でも払うように、白い巨体によって若葉はふっ飛ばされた。彼女の小さな体は、社殿奥にある祭壇の上に落下する。祭壇が壊れ、若葉の全身に衝撃と苦痛が走った。

「う……く……」

体が動かない。

頭だけを動かして、異形の生物たちの方を見る。反

応が早かった人たちは既に建物の外へ逃げ出ていたが、若葉と同学年の子供たちの一部は怯えて動けなくなっていた。

（逃げ……ろ……）

　若葉はそう呼びかけたかったが、かすれて声にならなかった。逃げ遅れた子供たちと、そして若葉の方にも、それぞれ化け物たちが迫ってくる。

　その時、ひなたの声が響いた。

「若葉ちゃん、右手を伸ばしてください！　そこにあるはずです！」

（手を……？）

　言われるままに右手を伸ばす。

　何かに触れる感触があった。

　刀だ。

　年を経て錆ついた古い刀と鞘が、壊れた祭壇の中にあった。

（なんで……こんなところに刀が……？）

　引き寄せられるように若葉は刀の柄を握った。

　ドクン、と急激に血が全身を巡り始める。

　体が熱い。

　息苦しい。

　同時に——身体が別のものに作り替えられていくように、感じたことのない力が湧き出してきた。

　古《いにしえ》の時、《無数の武器》の名を持つ地の神の王がいた。

　彼は仲間の神と共に、自らの国と子たちを守ろうとしたのだ。

　かの王の持つ神器の中に、冥府に由来する一本の刀がある。

　単純で。それゆえに美しく。並ぶものなき殺傷力を持つ武器。

　その名は——《生大刀《いくたち》》。

　気がつくと、若葉はその刀を持って立ち上がっていた。錆びていたはずの刀身は、いつの間にか生きているような瑞々しい輝きを帯びている。

　若葉は刀身を鞘に収め、左足を踏み出して柄を握り、

敵の姿を見据えた。彼女は幼い頃から居合を修めてきた。積み重ねた修練が自然と体を動かした。

白い化け物の巨体が迫る。

鞘から抜き放たれた若葉の刀は、光そのものだった。間合いに入った存在を一瞬で両断する。

納刀する若葉の前で、斬られた化け物は形容し難い鳴き声を上げ、消滅した。

そして次々に襲いかかってくる異形の生物をも、若葉はすべて一刀の下に斬り伏せていく。不思議な感覚だった。刀は腕の一部のように扱いやすく、身体は風のように速く動く。

瞬く間に、神楽殿の中にいた化け物たちは一掃された。

「若葉ちゃん！　外にもあの変なのが溢れてます！」

ひなたが若葉に駆け寄りながら、そう叫んだ。

いつの間にこれほど湧いたのか、神楽殿の外は大量の化け物たちに囲まれていた。逃げようとした人々は、退路をなくして絶望にくれている。

神楽殿から出て来た若葉は、刀を握りしめる。

たとえ敵が何十匹いようと、負ける気はしない——

「……な、なに……？」

化け物たちの異変が起こった。

複数の個体が一箇所にまとまり、粘土を集めるように巨大化しつつ姿形を変えていく……。

あるものはムカデのように長い体形となり。

あるものは体表面に矢のようなものを発生させ。

あるものは体組織の一部が角のように硬質化して隆起し。

（……進化……している……？）

単体では乃木若葉に勝てないことを学習したのだろう。彼らが自分たちより強力な存在に対抗するために選んだ手段は、『進化』であった。

生物の進化は、最も単純な形態である単細胞生物から始まり、単細胞生物が集合して群体生物となり、群体生物から複雑な身体機能を持つ多細胞生物へ辿り着いたという。

白い化け物たちに起こっていることは、まさに生物の進化そのもの。しかし、その速度は異常であった。

地球上の生物が単細胞生物から多細胞生物へ至るまで

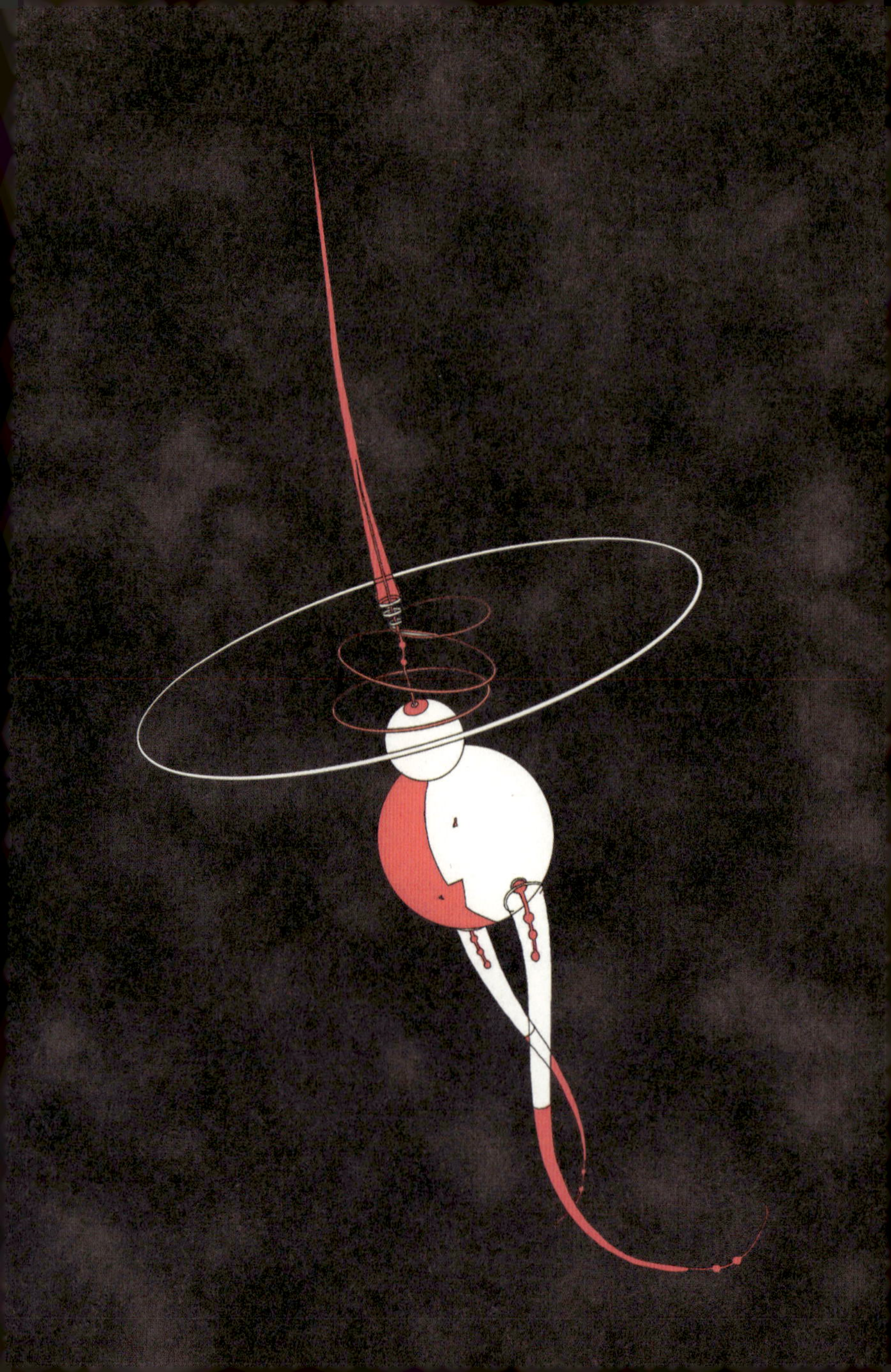

に費やした時間は、十億年を超える。それを彼らは、わずか数分で成し遂げているのだ。

　ある意味では、その化け物は地球上のあらゆる生物を超越した存在と言えるかもしれない。たとえば『神』や『悪魔』と呼ばれるような――

　集合し大型化した個体の一匹が、その体に発生した矢を射出した。矢は進行方向上にいた人間数人を貫き、その先にあった神楽殿を破壊する。たった一撃で、神楽殿は三分の一ほど崩壊してしまった。

　その間にも化け物の小型個体は次々と数を増し、集合と変形を繰り返し、無数の大型個体が生まれていく。

　若葉の頭の中から、勝てるなどという考えは完全に消えていた。桁外れの破壊力を持ち、無数に出現する敵に、どうやって勝てばいいのか。

　絶望で全身がくずおれそうになった時――

　彼女を支えたのは一番の親友だった。

「あきらめないでください、若葉ちゃん」

「……ひなた……」

「若葉ちゃんとみんなを死なせたりはしません」

　はっきりと、何かの確信をもったような口調でひなたはそう言った。

　ひなたはその場にいる人々全員に向かって叫んだ。

「これから私について来てください！　安全な場所へ誘導します！」

　そしてひなたは迷いのない歩調で歩き出す。その姿は十歳の少女とは思えない、凛とした空気があった。

「ひなた、どこへ……？」

「若葉ちゃんは露払いをお願いします」

　今の彼女には、有無を言わさぬ雰囲気があった。

「……わかった」

　迷っている暇などない。今はこの親友を信じるのみ。

「生きたい者は、私たちについて来い！」

　先頭に立って走り出す若葉とひなたに、戸惑いながらも、他の人々も同行した。ひなたの進む先にいる敵たちは、若葉が斬り伏せていく。

　二人を先頭とした一隊がたどり着いたのは、神社の本殿だった。本殿は周囲を門と壁に囲まれていて、その中に白い化け物たちはなぜか一匹も現れない。

「彼らは、ここには入って来られません」

ひなたは肩の荷が下りたように、ホッとした表情でそう言った。

若葉とひなたに同行した人々も、信じられないというような顔をしつつも、力が抜けたようにその場に座り込んでいた。

「どうして……ここが安全だと分かったんだ？」

若葉はひなたに尋ねた。

ひなたは小首を傾げ、少し考えるような仕草をして答える。

「う～ん……なんとなく、です」

「な、なんとなく……？」

若葉は苦笑してしまう。あんなに自信満々だったのに……しかし、それもひなたらしい。

「でも、いつまでもここに留まっているわけにはいきませんね」

「そうだな……」

この狭い場所では、一時的な避難しかできない。

「大丈夫です。ここから先も、安全な道が分かりますから」

「それも、なんとなく、か？」

「はい」

ひなたは微笑んで頷いた。その迷いない口調は、不思議と信じてもいいと思えた。自分に戦う力が宿ったように、彼女にも何らかの力が宿ったのかもしれない。

若葉は刀を見る――もし何かあっても、自分には戦える力があるのだ。

休息を取った後、若葉たちは避難者たちと共に本殿を出た。ひなたの指示通りに進むと、なぜか白い化け物たちと遭遇することはほぼ無く、たまに出会っても若葉の力で掃討することができた。

一隊は南東へ進んだ。何日も何日も歩き続けた。しかしその間、一度も日が昇ることはなく。世界全体が醒めない悪夢に覆われてしまったかのようだった。

あらゆる建物が崩壊してしまった街、半ば水没しかけた町、あの化け物に食い殺されたのだろう無数の死体を、若葉は目にした。地平の彼方には巨大な炎が絶えず燃え続け、空は暗闇と白い異形どもに覆い尽くされ、大気は死臭で満ちている。

若葉は悟った――ああ、私たちの世界は奪われてしまったのだ、と。

どれだけ歩いただろうか。

若葉たちは海にたどり着いた。この向こうは故郷である四国だ。本州と四国を繋ぐ大橋は、人々を導くように、破壊されることなく元の威容を保っていた。

＊　＊　＊

あれから三年の時が過ぎ——乃木若葉は中学二年生になった。

「わーかーばー、ちゃん」

背後からの声で、若葉はハッと我に返った。

振り返ると同時に、パシャリとカメラのシャッター音が鳴る。

スマホを構えて笑っている上里ひなたがいた。

「刀を携え本丸から海を臨む美少女……絵になります。若葉ちゃんの秘蔵画像コレクションがまた一つ充実しました」

「ひーなーたー……！」

若葉はひなたのスマホに手を伸ばすが、彼女は素早く自分のポケットにしまってしまった。

「ふっふっふ、これで手が出せませんね」

ひなたは勝ち誇ったように言う。

（くっ……ひなたのわけのわからん画像コレクションは、いつか絶対に消してやる）

若葉とひなたの関係は今も変わっていない。二人は一番の親友同士だ。

ふと、ひなたは真剣な表情になり、海の向こうを見た。

「今日もここに来ていたんですね」

「……ああ」

三年前のあの日。

若葉たちが見た白い異形の生物——後に『バーテックス』と名付けられたそれは、世界中に出現し、人類を蹂躙した。

四国や長野の一部など、ごく限られた地域だけが、なぜかその侵攻から逃れているらしい。だがその他の土地は今や人類のものではなく、バーテックスの支配下に置かれてしまったと言っていい。

その異常事態の中で、ごくわずかな少女たちが特殊な力を発揮した。若葉とひなたもその一人だった。その力があったからこそ、二人は神社に避難していた多くの人々を救うことができたのだ。

しかし。

あの時、失われてしまった命もあった。

神楽殿で逃げ遅れ、バーテックスに殺された人たち。そのほとんどは若葉たちと同学年の、修学旅行に来ていた生徒たちだった。あの夜、若葉が仲良くなったクラスメイトたちも殺されていた。

——大丈夫だよ、私たち、もう乃木さんと友達だし。

そう言ってくれた彼女たちの笑顔を、若葉は今でも忘れていない。

生き残った生徒たちも、目の前で友人を惨殺された精神的ショックは大きく、日常生活に支障を来《きた》しているという。未だにカウンセリングを受け続けている者も多い。

「……バーテックスは私の友達を殺した。罪のない多くの人々の命を奪った」

それは許されない大罪だ。

何事にも報いを……乃木の生き様である。

「必ずバーテックスに報いを受けさせる。そして、奪われた世界を取り戻す」

「ええ。私も、若葉ちゃんについていきます」


西暦二〇一八年——

乃木若葉は、神の力を使う『勇者』。

上里ひなたは、神の声を聞く『巫女』。

その御役目を担っている。


（一話完）

乃木若葉は勇者である

Nogi Wakaba
wa YUSHA
de aru

乃木若葉は勇者である

Nogi Wakaba
wa YUSHA
de aru

大赦書史部・巫女様
検閲済

平穏な日々が続いてる。

毎日の訓練は大変だし、たった[redacted]人しかいない学校も

退屈だなーと思ってたけど、慣れちゃえば案外悪くない。

でも、この日々がいつまで続くかなんて分からないんだ。

こんな状況じゃ[redacted]のことが心配だ。

彼女は四国の勇者の中で多分一番もろい。

若葉はそのことに気づいていない。

若葉は強い。

強いから、人間の弱さが分からないのかもしれない。

仕方ないな、

だったらタマが気にかけてやらないと。

タマに任せタマえ、なんてな！

勇者御記　西暦二〇一八年九月

土居球子記

第二話
花蕾
vol.2
Planning and configuration by Takahiro
Writing by Akashiro Aoi
illustration by
Vertex Design by D.K&JW WORKS
Supervision by

西暦二〇一八年、八月末日、丸亀城にて――

　窓の向こうに、夏の青空が見える。

　バーテックスが出現した後も、四国の空は変わらない。いや、空だけでなく、街並み、行き交う車や人々、蝉の鳴き声、瀬戸内海の美しさ――すべてが変わらないように見える。

　バーテックス襲来の後、四国には『神樹』という特殊な樹木が出現し、瀬戸内海には巨大な植物組織でできた壁が発生した。神樹は土地神そのもの、壁は四国をバーテックスから守るため神樹が張った結界だと言われている。

　この地にいる限り人々は安全である。限られた狭い空間で約束される箱庭の安寧……一部の人は四国を『箱舟』と呼ぶ。神話の洪水に等しいこの災害が終わった後、世界は再び人類の手に取り戻されるという期待も込められているのだろう、と若葉は思う。

（だが……かつてと変わってしまった点は確実に存在する……）

　現在、四国の町に通行人の数は少なく、その中にも帽子をかぶっていたり傘を差したりしている者が目立つ。それは単なる夏の日差し対策ではない。

『天空恐怖症候群』。

　三年前、バーテックスの襲撃をその身に経験した者の一部は、精神的ショックにより空を見ることを極度に恐れるようになった。その症状を天空恐怖症候群と呼ぶ。重度の者は建物の外に出ることさえできない。

　バーテックスは現在も、四国で暮らしている人々の心にも深く爪痕を残しているのだ――

「わ～かばちゃん」

　次の瞬間、若葉の視界いっぱいにひなたの顔が映った。彼女はジト目で、若葉を真上から見下ろしている。

　――今、若葉はひなたに膝枕され、耳掃除をしてもらっていた。

「また険しい顔して。過度の緊張、ストレスは体に悪いんですよ。こうなったら……えい！」

「!?」

　ひなたの耳かき棒が、若葉の耳孔の中で巧みに動き回る。その心地よさで、若葉の体から力が抜けていく。

今の若葉の顔にはさっきまでの険しさなど微塵もなく、まるで母親に抱かれて微睡む子供のような緩みきった顔をしていた。

昔から若葉は、よくひなたに耳掃除をしてもらっていた。今や彼女の腕は、若葉の耳掃除のプロと言っていいレベルである。

「はい、終わりです」

そう言って微笑み、ひなたは耳かき棒を上げた。少しだけ名残惜しみつつ、若葉も身を起こす。

「さて、そろそろ『諏訪』との通信の時間ですね。行ってきてください」

「ああ」

若葉は傍らに置いてある刀を手に取り、放送室へ向かった。

丸亀城は一部改装され、若葉たちの学校として使われている。改装と言っても、外観はほぼ残したままで、内部の構造を少し変えた程度だ。

その学校に通う生徒は六人のみ。五人の『勇者』と、一人の『巫女』。

勇者とは、土地神から力を授かり、バーテックスに対抗し得る者のことである。若葉も勇者の一人で、三年前のバーテックス襲来の日、その力に覚醒した。四国には五人の勇者がおり、全員がこの学校に通っている。

巫女は土地神の声を聞く者。ひなたがその一人で、三年前にバーテックスから人々を救うことができたのは土地神の声を聞いたからだ。『声を聞く』と言っても、それは言語として伝わってくるのではなく、象徴と暗示によって伝達される。

勇者も巫女も、すべて幼い少女である。穢れを忌み嫌う神に触れることができるのは、無垢な少女だけだからだ。

そして若葉は四国の勇者の中で、暫定的にリーダーとされている。

放送室に入り、彼女は無線機のスイッチを入れて通信を繋いだ。しばらくの雑音の後、落ち着いた少女の声が通信機から発せられる。

『……諏訪より、白鳥《しらとり》です。勇者通信を始めます』

「香川より、乃木だ。よろしくお願いする」

長野県諏訪湖東南の一部地域には、四国と同じく結界が存在し、人々が暮らせる環境が残っていた。白鳥はただ一人で諏訪の守護を担う勇者である。

「白鳥さん、そちらの状況はどうだ？」

『芳しくはありませんね。もっとも、そんなことを言えば三年前のあの日から状況が芳しかったことなど一度もありません』

「……違いない」

若葉は口調が暗くならないよう努めた。

元々長野は、諏訪湖を中心としてもっと広い地域が安全に保たれていた。しかしバーテックス出現から三年の間に、次第にその地域は侵攻され、今や保たれているのは諏訪湖東南の一部のみである。

『今は現状維持ができるだけ……ザー……でしょう』

通信の途中で白鳥の声が乱れた。

「すまない、通信にノイズが入ったようだ」

『ああ、現状維持ができるだけでも御の字だと言ったのです。通信のノイズ、最近多くなっていますね』

「そうだな……」

『この通信もいつまで続けられるか……』

考えると少しだけ気分が沈むが、若葉は不安を見せぬよう、敢えて冗談めいた口調で話題を変えた。

「ところで白鳥さん。そろそろ決着をつけようじゃないか……」

『ええ、私もそう思っていたところです。今日こそは雌雄を決しましょう……』

白鳥も不敵に答える——

『「うどんと蕎麦、どちらが優れているか、を！」』

若葉の声と白鳥の声が重なった。

「もちろん、うどんの方が優れているに決まっている。比べるまでもない」

『ええ、比べるまでもなく、蕎麦の方が優れているのは明らかです』

「……何を愚かな。貴様は香川のうどんを食ったことがあるのか？　あの玄妙な歯ごたえ、輝かんばかりの純白さ、毎日三食食べても飽きない奥深い旨み……蕎麦など及びもつかん」

『フフフ、あなたこそ長野の蕎麦を食べたことがあるのですか、乃木さん？　気品あふれる香り、程よい細さと喉越しの良さ、麺とつゆの絶妙の交わり……うどんよりも遥かな高みにあります』

若葉と白鳥はお互いの言葉を吟味し、さらに言い募る。

『……まぁ蕎麦は味だけでもうどんに雲泥の差で勝っていますが、さらに健康にもいいのです。蕎麦にはルチンが含まれており、動脈硬化や生活習慣病の予防にも効果的。つまり優れた健康食品でもあるのですよ』

「ふん、何を言うかと思えば。味以外の効能で言えば、うどんは麺類の中で最も消化効率が良い。病や疲労などで身体機能が落ちている者でも素早くエネルギー補給ができ、力がすぐさま体中に行き渡る。これは戦士にとって非常に有効……うどんは至高の戦場食とも言えるのだ」

『…………』

「…………」

二人は思考し、反論の糸口を探す——

と、校内にチャイムが鳴り響いた。今は夏休み中だが、チャイムは毎日正確に同じ時間に鳴る。

「時間切れか。蕎麦は命拾いをしたようだな」

『それはこちらの台詞です。うどんこそ命拾いをしましたよ。……明日からは新学期が始まりますから、通信は放課後の時間にした方がいいですね』

「うむ、そうしよう。では、また明日も。諏訪の無事と健闘を祈る」

『四国の無事と健闘を祈ります』

若葉は通信を切った。

白鳥と軽口を交わすのは大切な時間だ。四国から出ることのできない若葉にとって、この通信は唯一の『外』との繋がりである。四国以外にも共に戦う仲間がいることを実感できるのだ。

翌日。

九月になり、今日から新学期になる。もっとも、若葉たちは訓練のために夏休み中も毎日学校に通っていたから、特に『新学期』という感覚はない。勇者と巫女は、人類をバーテックスから守る最後の矛。日々の訓練は欠かせないのだ。

毎朝、一番早く登校してくるのは若葉である。軽く

教室内を掃除し、黒板のチョークなどを補充しておく。

「おはよー!!　ああっ、また若葉が一番乗りかぁ。今日こそはタマが一番だと思ったのにっ！」

次に登校してきたのは土居球子《どいたまこ》。彼女も若葉と同じく勇者である。球子は小柄な体で、弾むようにして教室に入って来た。

そして球子の後ろに隠れるようにして、伊予島杏《いよじまあんず》も教室に入ってくる。隠れるようにと言っても、実際は球子より杏の方が背が高いので少しも隠れていない。ただ球子の活発な性格に比べ、杏は大人しい性格のため、そう見えるのだ。そして杏も勇者の一人である。

「おはよう、土居、伊予島」

「若葉！　明日こそはタマが一番乗りしてやるかんなっ！」

球子が若葉を指さし、高らかにそう宣言する。球子はなぜかやたらと若葉に対抗心を燃やすが、小柄な彼女のその姿は若葉には微笑ましくもある。

「タマっち、朝からケンカ売るのやめようよ～」

杏がなだめるようにして球子に言う。すると、球子がジト目で杏を見つめる。

「あ～ん～ず～、何が『タマっち』だ！　タマはあんずよりも年上なんだぞっ！　タマっち先輩と呼べ！」

「タマっちはいいんだ……」

困ったような笑顔を浮かべる杏。

球子は若葉と同じく中学二年で、杏は一学年下の一年生。この学校には四国の勇者が全員集められているので、学年は混合になっている。球子と杏は姉妹のように仲が良いが……どちらが姉でどちらが妹と見るかは、人によって意見が別れるところであろう。

次に登校してきたのはひなただ。

「おはようございます、皆さん」

穏やかな声と表情、気品あふれる立居振舞いは、とても同学年とは思えない。

球子はひなたの方を振り向くと、その姿——主に上半身の特定部位——と自分の幼い体型と見比べ、悔しげに言う。

「くぅ、いつもいつも見せつけやがって……こんな悪魔のブツ、今すぐ成敗だっ！」

「ちょっ、タマっちさん、胸、揉まないでください！」

「揉んでないっ！　むしろ、もぎ取ってやるっ！」

球子がひなたの豊かな胸を揉みしだく。

暴走する球子を、若葉と杏は慌ててひなたから引き剥がした。

「は〜な〜せ〜！　タマはあの悪魔のブッを成敗せねばならんのだーっ！」

「落ち着け、土居！」

「そうだよ、タマっち先輩はまだ成長途中なんだよ！」

「うわ〜んっ！　なんかあんずにも上から目線で言われたっ！」

そんなふうに騒いでいると、郡千景《こおりちかげ》が教室に入ってくる。彼女も勇者の一員で、若葉より一学年上の三年生だ。

「…………」

千景は若葉たちの方を一瞥すると、興味なさげに目を逸らし、無言で自分の席についた。彼女は口数が少なく、他人と関わることを避けているようにも見える。

そして始業のチャイム直前、高嶋友奈《たかしまゆうな》が教室に駆け込んで来た。彼女は二年で、勇者の一人である。

「おはよーございまーす！　高嶋友奈、到着しました。良かった、遅刻じゃない！」

友奈は教室にいるみんなと挨拶を交わして、千景の隣にある席に向かう。

「おはよう……高嶋さん」

「おっはよー、ぐんちゃん！」

「今日は……遅かったね」

「うん。昨日、格闘技のテレビ番組を見て、見よう見まねで練習してたら興奮しちゃって眠れなくなっちゃって。てい！　縦拳！　回し蹴り！」

友奈は拳を振るい、体を回転させて足を突き出す。

「高嶋さん……あんまり足、高く上げない方がいい……パンツ、見えそうだから」

「あ！　えへへ……」

友奈は恥ずかしそうにスカートを押さえた。

口数が少ない千景も、友奈とだけは会話をしている姿がよく見られた。友奈は千景より年下だが、球子と杏がそうであるように、特に年齢の上下を気にせず同学年のように話す。

友奈は親しみやすい性格で、クラス内のみんなと仲が良い。そんな友奈だからこそ、他人と壁を作りがちな千景とも別け隔てなく接することができるのだろう。

午前の授業が始まる。

勇者と巫女だけが集められた特別学校と言っても、義務教育としての授業は普通の学校と同じように行われる。それに加えて、彼女たちにはバーテックスに対抗するための訓練があるのだ。

新学期最初の訓練には、まず三年前のバーテックスと自衛隊が戦った記録映像を見せられた。

映像の中で、街中に現れたバーテックスに対し戦車が砲弾を浴びせ、自衛隊員がライフルを発砲する。しかしバーテックスは傷つくどころか、怯むことさえない。バーテックスは蟻のように戦車へと群がり、鉄の装甲を食い破る。そして生身の人間は、奴らにとってはただの餌に過ぎなかった。

バーテックスには通常の兵器は通用しない。勇者の持つ武器だけが、奴らにダメージを与えることができる。

若葉の武器は刀——三年前、出雲の神社に奉納されていたものである。素材の鑑定結果から科学的に考えれば、平安時代以降に作成されたありふれた刀に過ぎない。しかし、勇者である若葉が戦う意思を示して握った瞬間、刀に神威の力が宿る。ある巫女は、若葉の刀に宿った力を『生大刀《いくたち》』と呼んでいた。

若葉以外の勇者たちも、それぞれに専用の武器を持っている。

映像が終わると、担任の教師が告げた。

「バーテックスに対抗できるのは勇者のみです。あなたたち勇者の力が必要なのです」

交戦記録の映像も、教師の言葉も、若葉たちにとってはもう何度も見聞きしたことの繰り返しだった。

バーテックスとは何者なのか。

なぜ人類が攻撃されるのか。

具体的なことは何も分かっていないらしい。

分かっているのは、バーテックスが人類に仇なす者であり、土地神が人類を守るために力を貸してくれているということのみ。

「どうせだったら……土地神が戦えばいいのに……」

記録映像を見ながら千景がつぶやく。

それに答えたのは球子だった。

「多分、戦ったんだと思いますよ。ほら、バーテック

スが攻めてくる前に、地震とか災害とか起こってましたし。あれ、土地神がやりあってたせいだったんじゃないですか」

「…………」

　千景は少しムッとしたように黙り込んだ。

　その後は戦闘訓練である。ひなただけは若葉たちと異なり、巫女としての訓練を受けるため別の場所へ連れて行かれる。

「ああ、運動に励む若葉ちゃん……きらめく汗、上気する肌……その姿を、私の若葉ちゃん画像コレクションに加えたいのに……」

　いつもひなたは心底残念そうにそう言うが、もちろんそんな不純な理由で勝手な行動は許されないのだ。

　勇者が受ける訓練は多岐にわたる。運動による体力の向上、格闘技の基礎訓練、座禅を組んだりして精神修養も行う。

　若葉たちは三年前以来、まだ一度もバーテックスと戦ったことはない。しかし、いずれ奴らから世界を取り戻すためにも戦闘は避けられないし、近いうちに四国が侵攻を受ける可能性も高い。戦闘への備えは常に欠かせないのだ。

　午前の授業が終わり、昼休み。若葉たちはいつも六人一緒に食堂へ向かう。

　こうやってみんなでまとまって食事を取るのは、若葉が提案したことだ。少しでもチームワークを高めるためである。

　最初、千景と球子から若干の反対があった。千景は一人でいることを好んだし、球子は食事にまでルールを持ち込むのは堅苦しいと言った。しかし友奈が「ご飯はみんなで食べた方が美味しいよ！」と主張し、球子は微苦笑しながら、千景は「高嶋さんがそう言うなら……」と賛成した。

　食堂に入ると、若葉たち以外にも数人の大人の姿がある。若葉たちの教育を受け持つ教師たちや、バーテックス対策において政府から全権限を委任された機関『大社《たいしゃ》』の人間たち——『大社』は『おおきなやしろ』と書き、バーテックス出現以降、社会の表に出てきた組織だ。

若葉たちは各自セルフサービス形式で食事をトレーに取っていく。若葉たちの食事はすべて無料で支給される。その後、みんなで一つのテーブルに集まった。

　セルフサービスで取ってきても、みんな自然とうどんになってしまう。トッピングで何をつけるかによって違いは出るが。

「訓練の後のご飯は美味しい！」

　友奈が屈託のない笑顔でそう言って、うどんをすする。

　千景はそんな友奈を微笑ましげに見ている。

「こら、あんずっ。行儀が悪いぞ」

　読書しながら食べている杏から、球子が本を取り上げた。

「あぁ！　今、いいところだったのに……」

　杏が悲しげな声をあげる。彼女が読んでいたのは中高生向けの少女小説だ。杏は本が好きで、いつも文庫本をポケットに忍ばせている。

「ダメだ、食べ終わってからな」

「はーい……」

　杏は諦めてうどんを食べ始める。

「……にしてもさー、毎日毎日訓練訓練って、なんでタマたちがこんなことしないといけないんだろーな」

　ボヤくように球子がそう言った。

「バーテックスに対抗できるのは勇者だけですからね……」

「そりゃ分かってるよ、ひなた。でもさ、普通の女子中学生って言ったら、友達と遊びに行ったり、それこそ恋……とかしちゃったりさ。そういう生活をしてるもんじゃん」

　球子はため息をつく。

「今は有事だ、自由が制限されるのは仕方あるまい」

　若葉の答えに、球子は納得していないように腕を組む。

「う〜ん……」

「我々が努力しなければ、人類はバーテックスに滅ぼされてしまうんだ。私たちが人類の矛とならなければ――」

「分かってるよっ！　分かってるけどさぁっ！」

　球子が声を荒げた。そしてすぐに顔を俯けてぽつりとつぶやく。

「……ごめん……」

「タマっち先輩……」

杏は球子の服の裾をそっと握り、彼女を見つめた。その瞳は不安そうに揺れている。

場が沈黙する。

若葉にも球子の気持ちは理解できた。球子はわがままで不平を言っているのではなく、不安なのだ。バーテックスとの戦いには危険が伴う。もし実際にバーテックスとの交戦になれば、生き抜けるかどうか……いや、むしろ命を落とす可能性の方が高い。事実、三年前に若葉がバーテックスと戦った時も、ひなたがいなければ若葉は殺されていたかもしれない。

（まして土居は……自分以上に、伊予島が傷つくことを恐れているんだろう……）

若葉は俯いている球子を見ながら、そう思った。

伊予島杏は運動が得意ではなく、格闘技の訓練でも一番成績が悪い。いざ戦いとなった時、命を落とす可能性が最も高いのは杏だろう。

重い沈黙を破ったのは友奈だった。

「ごちそうさま！　今日も美味しかった！」

汁まで飲み終わった丼をテーブルに置いて、友奈は満足そうに手を合わせる。そしてキョトンとした顔で、周りを見回した。

「どうしたの、みんな？　深刻な顔して」

「……友奈……さっきまでの話、聞いていなかったのか？」

「え、えっと……ごめん、若葉ちゃん！　うどんが美味しすぎて、周りのことが意識から飛んでっちゃって……」

その場にいるみんなが、一斉にため息をついた。

「ええ⁉　なんでみんなため息つくの⁉」

友奈は心外だと言うように周りを見回して、

「大丈夫だよ。私たちはみんな強いし、みんなで一生懸命頑張ればなんとかなるよ！」

笑顔で、そう言った。

昼食後、二人だけで廊下を歩きながら、若葉はひなたにつぶやくように言った。

「私は……リーダーには向いていないのだろうな」

「なんでそんなこと思うんです？」

「私は他人に自分の考えを押し付けすぎるところがあるのかもしれない。そのせいで仲間に反発を抱かせて、チームワークを乱している。本当にリーダーに向いているのは、友奈のような――」

「えい！」

　若葉の言葉を遮り、ひなたは彼女を抱きしめた。

「ひ、ひなた！？」

「何を弱気になっているんですか、若葉ちゃん。若葉ちゃんらしくない。若葉ちゃんはね、ちゃんとリーダーしてますよ」

「…………」

　ひなたの言葉を、若葉は心の中で反芻する。本当にそうなのか自分ではよく分からない。

　放課後、若葉は放送室にいた。白鳥からの定期連絡を待っているが、何度か諏訪へ通信で呼びかけても、応答がない。

　日が落ち、窓の外が暗くなってきた頃、やっと回線が繋がった。

『すみません……ザー……さん。少々こちら……ザー……ごたついておりまして』

　通信にノイズが多い。回線が安定していないようだ。

「いや、構わない。何かあったのか？」

『本日午後、バーテックスとの交戦がありました』

「……被害は？」

『問題ありません……ザー……敵は撃退。人的被害は無しです』

「そうか……」

　ノイズ混じりの報告に、若葉は安堵の吐息をついた。

　白鳥は通信を介してしか話をしたことがなくとも、掛け替えのない仲間だ。長野地域と彼女が無事で良かったと、心からそう思う。

『四国の状況はどうですか？』

「変わりない。こちらはバーテックスの侵攻もなく、訓練と学習の一日だった」

『そう……ザー……安心しました』

　若葉は今日の食堂で起こったことを、白鳥に話してみた。みんなの抱えている不安や、仲間との協調関係のこと……白鳥から何かヒントを得られるかもしれない。

『そうですね……私も初め、似たような悩みを抱えていました。しかし、いずれその心配はなくなります……ザー……現実は想像よりも遥かに重く、私たちに決断を迫るのですから』

その言葉は、白鳥が自分自身に言い聞かせているようにも聞こえた。

日々は変わりなく過ぎた。

若葉たちは義務教育学習と、勇者・巫女としての訓練を続ける。

時々みんなから不安や不満も出たが、実際に毎日の生活は平穏だったため、大きな問題は起こらなかった。

諏訪とのノイズ混じりの通信も、毎日行われた。

『いつもうどんと蕎麦の争い……ザー……ではらちが開きません。今日は別の名物で勝負しましょう』

「いいだろう。我ら香川の丸亀には、骨付鳥という病みつき確実な名物がある」

『フフフ、長野には日本中に名を轟かせた信州味噌があります……！』

学校での訓練は変わらず――

諏訪との定期連絡も続き――

だが、諏訪からの定期連絡は次第に時間が不安定になり、一日中繋がらない日も増えてきた。繋がってもノイズが大きく、聞き取りづらい。

そして数週間が過ぎた頃、諏訪の異常は決定的になった。

『ごめんなさい、通信の……ザー……悪くて……ザー……』

今日は特に通信のノイズは激しい。そして白鳥の口調にはほんのわずかだが――疲労の色が見えた。

「どうした？　何かあったのか」

『……いえ、ちょっとしつこいバーテックスを退治してやっただけ……ザー……ックス襲来の影響で通信

機が壊れて……ザーー……しばらく通信はできなくなりそう……ザーー……そちらも大変だと思いますが頑張って……ザーー……なんとかなるものです。私も無理な御役目かと思いましたが……ザーー……予定より二年も長く続けられて……ザーーーー……』

「白鳥さん⁉　聞こえているか⁉」

長い長いノイズが続いた後――

『……乃木さん、後はよろしくお願いします』

その言葉を最後に、通信は途絶えた。


若葉は丸亀城本丸から、海を見つめていた。

水平線の向こうに日が沈む。大気が茜色から暗紫色に変わっていく。

「若葉ちゃん、ここにいたんですね」

ひなたが少し駆け足でやってくる。

「探しましたよ。もう遅いのに帰って来ていないと聞いて……白鳥さんと通信していたんですか？」

「……諏訪からの連絡が途絶えた。何度もこちらから発信し直してみたが、もう回線自体が使えなくなっていた……」

「…………」

ひなたは言葉を失った。

若葉の言葉が意味するところは、容易に想像ができる。

「長野地域は……終わってしまったんですね」

若葉は無言で、ただ静かに頷いた。刀を握りしめる手が痛んだ。

また一つ、バーテックスは若葉から大切なものを奪ったのだ。


突如――若葉のスマホが耳障りな警報音を鳴らし始めた。

遠く見える海の波、海上を行く船、蝉の鳴き声、宙を舞う木の葉……すべてが静止する。

若葉の隣に立っていたひなたも、凍りついたように動きを止めていた。

「――⁉」

すぐに若葉はスマホを取り出す。画面には『樹海化警報』という文字が大きく表示されていた。

樹海化——それはバーテックスが結界内に侵入した際に起こる現象だ。

その現象について、若葉は授業で聞かされていた。四国の海に壁が発生して以来、神樹がバーテックスから人々を守るため、起こすようになった……と。

「来たか……バーテックス……!」

諏訪を潰し、次は人類最後の砦である四国へも、ついに奴らは手を伸ばしてきたのだ。

若葉の目に見える風景が、急激に作り変えられていった。大地が、建物が、車が、人々が、海の向こうから伸びてくる巨大な植物の蔦や根に覆われていく。

(白鳥さん、諏訪の人々……お前たちの痛み、悲しみ、怒り……必ずバーテックスどもに報いを受けさせよう。何事にも報いを——それが乃木の生き様だ)

若葉は日本刀を抜き、その切っ先を海の先へと向けた。

「人類を守る御役目、諏訪より確かに受け継いだ。我ら四国勇者が、この丸亀城にて迎え撃つ!!」


(二話完)

乃木若葉は
勇者である

Nogi Wakaba
wa YUSHA
de aru

乃木若葉は勇者である

Nogi Wakaba
wa YUSHA
de aru

大赦書史部・巫女様
検閲済

私は震えて動けませんでした。

心のどこかで私は、戦いなんて起こり得ないことだと

思っていたのかもしれません。

けれど、奴らはやって来ました。

戦いは始まってしまったのです。

勇者には武器が与えられていました。

神様の力が宿った専用武器、勇者の戦装束、

そして……

特別に強い敵と戦うための『切り札』。

でも、それは[redacted]を

[redacted]のです。

勇者御記　西暦二〇一八年九月

伊予島杏記

第三話 ―開花―

バーテックスが四国へ攻撃を開始したことに最も早く気づいたのは、瀬戸内海の『壁』の外にて二十四時間態勢で監視を行っていた、元自衛隊員による武装船団である。

壁へ大挙してくる異形の生物たち。

武装船団は四国を守るため、持てる限りの火力を使って発砲、砲撃を行った。

しかし——人類の夥《おびただ》しい血と知の結晶と言える近代兵器は、やはりバーテックスに一切ダメージを与えることはできず。

武装船団は後退を余儀なくされ、壁の間際に追い詰められた。

そしてバーテックスの一群は結界たる壁を抜け、四国内に侵入。

船団は侵入したバーテックスを追ったが——

敵の侵攻を察知した神樹は、既に四国内に樹海化を起こしていた。

若葉は樹海に覆われた四国に臨みながら、スマホの勇者専用アプリを起動させた。


体が光に包まれ、纏う衣服が変化していく——

それは勇者の戦装束。神樹の力を宿し、纏う者の身体能力を格段に上昇させる。さらに全身が神の力に包まれることで、専用武器以外でのバーテックスへの攻撃も有効になる。

バーテックス対策組織『大社』は、神樹の力を研究し、それを科学的・呪術的に利用する方法を見い出した。その結果生み出されたものが、この装束である。神樹の恵みと人類の叡智の結晶だ。

戦装束は勇者各人で異なるが、若葉のものは桔梗を思わせる清楚な青と白の混交が特徴的だった。

変身した若葉は刀を地に突き立て、瀬戸内海の向こうを睨む。

「若葉ちゃーーん！」

声の方を振り返ると、友奈と千景が駆けて来ていた。友奈は手甲を、千景は死神を思わせる大鎌を持っている。若葉の刀同様、それが彼女たちの武器である。

「はぁ、はぁ……急に時間が停まっちゃって、周りはでっかい蔦《つた》みたいなのが出てきてぐわーっとなるし、びっくりしちゃったよ！　地図のおかげで、みんなの居場所が分かって良かった……！」

友奈は息を切らせながら、スマホの画面に表示されたマップを若葉に見せた。勇者たちとバーテックスのいる位置が、それぞれ光点で示されている。

「というか若葉ちゃん、もう変身してる⁉」

今気づいたのか、友奈が驚く。

「常在戦場。刀をいつも持参しているのも、すぐ戦えるようにするためだからな」

「そういう真面目さと責任感の強さ、若葉ちゃんらしいね……私も見習わないと！」

友奈は拳を握りしめ、まっすぐに感心の視線を向ける。

「高嶋さんは……今のままでいいと思う……」

千景は独り言のようにつぶやいた後、周囲を見回して眉をひそめた。

「それにしても……これが樹海化ね……」

四国の土地全体が、壁と同質の植物組織に覆われている。

樹海化が起こると、四国の内部は時が停止し、生物も非生物も植物に覆われ同化してしまう。わずかに原形を残しているのは、丸亀城や瀬戸大橋、送電鉄塔や高層ビルなど、大型建築物だけだ。

樹海に呑まれて同化した生物は、バーテックスからの攻撃で被害を受けることがなくなる。そして勇者だけが樹海化の中で本来の形を保ち、動くことができる。

（樹海化のことは、知識として聞いてはいたが――）

若葉も変わり果てた四国の光景を見つめながら、険しい表情を浮かべた。

現実味がないほどの変貌。

まるで異界だ。

友奈は近くに生えている巨大な植物の蔓に触れる。

「こんな大きな植物、見たことないよ。これも神樹様が起こしたんだよね……？」

「ああ。樹海化は、神樹による人類守護の緊急手段だ」

四国を守る壁と結界は、まだ未完成と言われている。

バーテックスが一群となって四国へ侵攻した際、神樹は敢えて結界の一部分を弱め、彼らを内部へ通す。バーテックスの侵攻を防ぐために結界を強化し続け

れば、神樹が霊力を浪費してしまうからだ。

もし神樹の力が枯渇すれば、四国の人々は生活ができなくなる。四国という閉じた世界が、エネルギーや物資などを自給自足できているのは、神樹の霊力による恵みなのだから。

そのため、四国内へ通されたバーテックスの撃退は、勇者の御役目となる。

そしてバーテックスが侵入している間、神樹は人々を守るため、樹海化を行う――

（だが、樹海化の防御も絶対ではない……）

若葉は確認するように心の中でつぶやく。

樹海の一部がバーテックスの攻撃で損傷したりすると、その傷は現実世界に自然災害や原因不明の事故という形でフィードバックされるのだ。

くわえて、樹海化もやはり長時間続ければ、神樹の力を消費してしまう。

ゆえに、できる限り迅速にバーテックスを殲滅し、樹海化を終わらせねばならない。

「おお～いっ！　みんなー！」

大きな声とともに球子が走ってくる。その後ろには、球子に手を引かれる杏もいた。

「悪い、遅くなったっ！」

球子は鋭い刃がついた円形の盤――旋刃盤を、杏は連射式クロスボウのような武器を持っている。

「全員、揃ったな。……これが私たちの初陣だ。我々の手でバーテックスどもを討ち倒す」

仲間の勇者たち四人を前に、若葉が告げる。

人類が舐めた辛酸を、奴らに思い知らせてやろう。

「それはいいけど……当然、あなたが先頭で戦うのよね……あのバケモノたちと。リーダーなのだから……」

千景は静かにそう言って、試すような視線を若葉に向けた。

場の空気が濁るように険悪さを帯びる。

「誰が先頭かとかじゃなくて全員で戦えばいいでしょ。それがチームワークってもんですよ」

呆れたような口調で反論したのは球子だ。

「チームワーク……」

咀嚼《そしゃく》するように千景はつぶやき、杏に目を向けた。

杏は小刻みに体を震わせ、顔色も悪い。

怯えている――

「伊予島さんは……戦えるのかしら？」

「…………」

杏はうつむき、何も答えなかった。答えられなかった。

「土居さんたちがここへ来るのが遅れたのも……伊予島さんが萎縮して動けなくなっていたからでは……？　そんなあなたたちがチームワークなんて……口にするものじゃないわ……」

千景の言葉に、杏はぎゅっと目をつぶり、拳を握りしめた。それでも体の震えと怯えは消えない。

「ましてや……」

「郡さん、言い過ぎです」

千景の声を若葉が遮った。若葉の鋭い視線を受けた彼女は、面白くなさそうに目をそらす。

（しかし、郡さんは言い過ぎだが……確かに今の伊予島の状態は良くない）

若葉は杏を見つめ、

「伊予島。怖いのはわかるが、私たちが戦わなければ人類が滅びる可能性だってあるんだ。顔をあげろ」

「ご、ごめんなさい……」

杏の瞳に涙が浮かぶ。

「若葉、もういいだろ」

杏を守るように、若葉との間に立つ球子。

そんな三人を見ながら、千景は皮肉げに目を細める。

「兵の士気高揚も指揮官の務め……。乃木さん……あなたにリーダーとしての資質が足りていないから……このような事態になるのではないかしら……？」

「……！」

その言葉は若葉の痛い部分をついた。自分はリーダーという役目にふさわしいのか――若葉には確信が持てていない。

勇者たちを覆う空気は、ますます淀みを増す。その空気を吹き飛ばすように声をあげたのは、友奈だった。

「みんな、仲良しなのはいいけど、話し合いは後にしようよ！」

「「「仲良し？？？」」」

若葉・球子・千景の声が重なり、友奈の方を見る。

「うん、ケンカするほど仲が良いって言うよね？」

「「「いや、それは違う（わ）」」」

　三人が同時に友奈へツッコミを入れた。

「即答で三人ともから否定された！」

　ショックを受ける友奈。

「えっと、あの、友奈さん……私も違うと思います」

「アンちゃんまで!?」

　さらに追い討ちだった。

「うぅ……」

　総ツッコミのダメージを受けつつ、友奈は気を取り直して力強く言う。

「——でも。みんながケンカする原因を作ったバーテックスが、すぐそこまで来てる。怒るにしてもケンカするにしても、相手はあいつらだよ」

　友奈の言葉に、若葉はハッとした。

（……そうだな。仲間を責めるのも、苛立ちを感じるのも、お門違い。それらはすべて、この状況を生み出した奴らにぶつけるべきものだ）

　球子と千景も気まずそうに、顔を見合わせる。

「ま、確かにそうだな」

「高嶋さんの言う通り……ね」

　杏はまだ怯えているが——

（構わん。伊予島が戦えないなら、その分私が戦えばいい。そのためのリーダー役だ）

　若葉は刀の重みを感じながら、そう心に決めた。

「よし、じゃあタマたちもそろそろ気合い入れっか！」

　若葉以外の四人も携帯を取り出し、アプリをタップする。

「みんなで仲良く勇者になーる！」

　友奈の声を合図とするかのように、それぞれの纏う服装が変化していった。

　友奈の戦装束は、山桜を思わせる桃色——

　千景の戦装束は、彼岸花を思わせる紅——

　球子の戦装束は、姫百合を思わせる橙——


　しかし杏だけは変化が起こらなかった。勇者の振るう力は精神面に大きく左右される。戦う覚悟と意志を固めなければ、勇者装束を纏うことはできない。

「…………」

千景は変身できなかった杏を、無言で見つめた。

「……ご、ごめんなさい……私……」

涙を浮かべる杏の肩を、球子が元気づけるように叩く。

「気にすんなってのっ！　タマたちだけで全部倒してくるから」

「……うん……」

杏は悲しげに頷く。

若葉はスマホのマップで、バーテックスの数と動きを確認した。

結界内に侵入してきたのは五〇体前後といったところか。バーテックスは一直線に若葉たちの方へ向かってきていた。彼らの行動特性として、何よりもまず人間を狙う。今、樹海化した四国の中にいる人間は若葉たちのみ。ゆえに真っ先に狙われるのだ。

若葉の視界に、遠くバーテックスの群が見えた。その距離、目算にて三キロ……ニキロ……

「郡さん。さっきは生意気なことを言ってすみませんでした。言葉ではなく、行動を持って示すべきですね」

若葉は千景にそう言い、刀を持って跳躍した。一キロほどの距離を一跳びで消滅させ、敵集団に肉薄する。

「うおおおおおおおおおおっ!!」

鞘から抜き放たれた白刃の一閃が、まず先頭にいたバーテックスを両断した。斬られた死骸が消滅する前に、敵の体を足場にして再び跳躍。更に別の個体を真っ二つにする。

若葉の居合斬りは三年前とは比較にならないほど鋭く、迅く、無駄がない。肉体的成長、神樹の戦装束、そして積み重ねてきた訓練の結果だ。

群がってくる無数のバーテックスたちを斬りながら、若葉は四国すべてに届けというように叫んだ。

「勇者たちよ!!　私に続け!!」

単騎で敵群の中に飛び込み、次々とバーテックスを屠《ほふ》っていく若葉。

その後ろ姿を見ながら、思わず球子の口から声が漏れていた。

「若葉の奴……すっごい……」

だが、球子は自分の言葉に自分で腹を立てる。何をバカみたいに感心してるんだ、あいつ一人に任せておく気か、と。

「それじゃ、私も行くよ！」

若葉の後に続き、友奈もバーテックスのいる方へ向かって跳躍する。

球子はまだ怯えている杏を一瞥し、

「あんずはここにいろ。あいつら全部倒して、戻ってくるから！」

そう言って飛び出した。

「はぁっ！」

呼気と共に、風の疾さと岩の重みを持つ友奈の拳が、バーテックスの体を打ち抜いた。

友奈の専用武器は手甲。勇者の持つ武器はすべて、若葉の刀と同じく神社の奉納具、もしくは奉納具を加工して作られた物だ。そして各地の土地神に由来する霊力が宿っている。

友奈の周りを取り囲むようにバーテックスが集まってくる。しかし彼女は落ち着いていた。

この三年、友奈は自らの武器を有効活用できるよう、打撃系格闘技をさらに徹底して教え込まれた。空手、拳法、ボクシング……

「てやあああ！」

友奈の拳は、バーテックスの巨体を打ち抜いていく。

友奈から一足遅れ、球子もバーテックスの群れへ接近する。

「こっちはタマに任せタマえ！」

球子の武器は旋刃盤。若葉の刀や友奈の拳と違い、ある程度離れた敵へも攻撃できるのが強みだ。

大きく腕を振りかぶって投げる。旋刃盤は回転する刃でバーテックスを切り裂き、球子が握っているワイヤーによって彼女の手元に戻ってくる。

「楽勝っ！」

球子にとってバーテックスを倒すことは、杏を守るためでもある。

彼女は杏と出身地が近く、三年前のバーテックス襲来の際も杏を守りながら戦ったのだ。

「全部倒して、あんずには一匹も近づけさせない！」

再び旋刃盤を投擲し、バーテックスを屠っていく。

しかし——この時、球子の心に油断がなかったとは言えない。

球子は三年前にもバーテックス相手に勝ち星を収めていたし、今も旋刃盤を使って次々に倒している。

実際に戦えばバーテックスなど敵ではないと、心のどこかで思っていたのだ。

それが安易な勘違いであることを、彼女はすぐに思い知らされることになる。

旋刃盤は遠くへ投げれば、球子の手に戻ってくるまで時間が掛かる。その間はバーテックスに対抗する手段を失ってしまう。

その隙を敵は見逃さなかった。バーテックスは球子が旋刃盤を投げた隙をつき、彼女を取り囲んだ。

「……う」

その場から逃げようとするが、バーテックスが退路も先に塞いでいる。

友奈とも若葉とも距離がある。二人の助けは期待できない。


「そんな……」

さっきまでの余裕は反転し、彼女の喉元には死が突きつけられていた。

バーテックスは球子を食い尽くそうと迫る。

「…………嘘、だろ。こんな、簡単に……」

死ぬのか。

勇者といえど、一歩間違えれば簡単に命を失う。

なぜならここは戦場だ。

「ちくしょう……！」

球子は目をつぶる——

しかし、彼女の命がそこで途絶えることはなかった。

再び目を開けた時、球子の目の前にいるバーテックスの体に、幾本もの金色の矢が突き刺さっていた。

致命傷を受けた白い化け物は消滅する。

「タマっち先輩……」

声の方を振り向くと、クロスボウを構えた杏がいた。彼女は白い紫羅欄花《ストック》を思わせる戦装束を纏っている。

「あんず……その格好は」

「変身……できちゃった。タマっち先輩が危ないって思ったら、助けないとって思ったら、アプリが起動して……」

　杏の瞳にはまだ少しだけ涙が浮かんでいた。しかし、彼女はもう震えていない。

　球子はやっと戻ってきた旋刃盤を掴み、杏に勝ち気な笑顔を向ける。

「ありがとな！　タマが前に立つから、あんずは援護してくれ！」

「うん！」

　頷き、杏はクロスボウを構えた。球子の旋刃盤以上に、遠距離攻撃に特化した武器である。


　他の勇者たちがバーテックスの群れの中で奮闘している時——たった一人、後方で動かない者がいた。

　郡千景である。

　高みの見物を決め込んでいるわけではない。

　恐怖で動けないのだ。

　変身することはできた。敵に対抗するための武器も持っている。しかし、体が動かない。

　千景も杏同様、今回がバーテックスとの初めての戦いだった。勇者として覚醒した三年前、彼女がいた地域にバーテックスは現れなかったのだ。

「う……うぅ……」

　焦り、悔しさ、疎外感が募る。

　自分よりも怯えていると思っていた杏は、ついさっき戦線に突入していった。自分が一番年上なのに、一番年下の杏にも負けている。

　千景が杏を非難していたのも、本当は自分の恐怖心の反動だった。

「ぐんちゃん！」

　その時、自分の方へ駆け戻ってくる友奈の姿が見えた。

「高嶋……さん？」

　千景の前で立ち止まった友奈は、体のところどころに擦り傷ができていた。バーテックスとの戦いで傷ついたのだろう。しかし友奈は自分よりも、戦闘に参加さえしていない千景を気遣う。

「大丈夫、ぐんちゃん？」

「ご、ごめん……なさい……戦うの、怖くなって……あんなに伊予島さんのこと言っておいて……私が戦えないなんて……」

友奈は千景を安心させるように、笑顔で手を差し出す。

「そんな顔しないで。私がそばにいるから」

「高嶋……さん……」

千景は友奈の手を取る。

「行こう。手、握ってて！」

友奈に導かれるようにして、千景は彼女と一緒に跳んだ。

数百メートルを一跳びで移動するという、常人離れした跳躍力に千景は戸惑う。

（これが、勇者の力……）

なんの支えもない空中で、繋いだ友奈の手だけが千景にとって確かなものだった。

バーテックスの一体が、千景たちの方へ向かってくる。

「見てて、ぐんちゃん――」

友奈は千景と繋いでいない方の手を硬く握りしめる。

「――私たちは、戦える。人間はあんな奴らに負けない！」

人の意志で振るわれた神力の拳は、友奈たちに襲いかかったバーテックスを、一撃で粉砕した。

しかし直後、また別の一個体が千景たちの方へ近づいてくる。

「ぐんちゃんも、自分の力を信じて。きっとできる！」

千景は自らの持つ大鎌を見つめる。

（高嶋さんがそばにいてくれるなら……戦える）

千景は大鎌を振りかぶる。人の背丈ほどもある武器を千景の細い腕で扱えること自体が、既に神の力の証明だ。振るわれた巨大な刃は、目前に迫っていたバーテックスを両断した。

「で……できた……」

自分の力が信じられない。しかし敵を斬った手応えは、紛れもない現実だった。

「すごいよ、その調子！」

褒めてくれる友奈の言葉が、千景には何よりも嬉しい。

さらに前方から三体、バーテックスが迫る。

「ぐんちゃん、次行くよ！」

「うん……！」

　友奈と千景は繋いでいた手を離し、友奈は左にいた一体を拳で打ち倒す。その間に千景は大鎌の一振りで、残る二体のバーテックスを葬っていた。

　合計三体のバーテックスを倒し、千景は自分の力を確信できた。

（……私……バーテックスより強い……！）

　敵に対する恐怖心は、もうない。むしろ恐怖心は怒りへ転化した。

（こんなのに……怯えていたなんて……！）

「見て、ぐんちゃん」

　千景はハッとして、友奈が指さす方向を見る。そこにはバーテックスたちと戦っている若葉の姿があった。

　球子・杏、友奈・千景が二人一組で戦っているのに対し、若葉は一人でバーテックスの群れの中に最も深く切り込み、最も多くの敵を相手取っていた。

　居合斬りが鞘から抜き放たれる度に、バーテックスは斬られ、消滅する。若葉の戦いの激しさは、人間離れした力を持つ千景たちから見ても、さらに常識外れだった。

「若葉ちゃんが先頭に立って敵を引きつけてくれてるから、私たちは戦えてるんだと思う。やっぱり若葉ちゃんはすごいよ。ぐんちゃんも……認めてあげてもいいんじゃないかな」

「…………」

　千景は何も答えなかった。

　前方で戦う若葉の姿を見ながら、千景は少しだけ悔しさを感じていた。


　数が五分の一を切った頃、バーテックスの動きに変化が起こった。何体かが一箇所に集まり始める。

『進化』を始めたのだ。

　三年前のバーテックス襲撃の際にも起こったこと。難敵が現れた時、バーテックスは複数の固体が融合し、より強力な個体を生み出す。そうやって生まれた個体に、三年前の若葉は太刀打ちできなかった。

　そして今。

　融合したバーテックスたちは、巨大な棒状の一個体となった。

球子と杏は、融合するバーテックスを少し離れたところから見ていた。

「なんだ、あいつ……？」

球子は首を傾げる。

融合して進化するバーテックス――進化体と呼ばれている――について、授業でも聞かされていたが、実物を見るのは二人とも初めてだった。三年前、球子たちがバーテックスと戦った際には、進化体は現れなかったのだ。

進化体は通常個体とは比べ物にならない力を持つと言われている。しかし、あの棒状バーテックスはまったく強そうに見えない。元の個体のように、他者を攻撃する牙すら持たないのから。

「まずは私が……！」

得体の知れないバーテックスに対し、杏がクロスボウを向けた。トリガーを引くと矢が連射され、金色の軌跡を描いて敵に迫る。

次の瞬間、棒状バーテックスから赤く透明な板状組織が発生した。

「⁉」

杏の矢は板状組織にぶつかり、すべて軌道を反転させた。神の力を宿した幾本もの矢が、本来の持ち主である杏に襲いかかる。

「危ねえっ！」

球子の旋刃盤が大きな楯状に変形し、杏に向かってきた矢を弾き飛ばす。

喰らっていたら、杏は致命傷だった。

「あ、ありがとう、タマっち先輩」

「さっき助けてもらったお返しだ。……しかし、あれは反射板ってわけか……」

杏の矢をあれほど正確に反射させられるなら、恐らく球子の旋刃盤を投げても結果は同じだろう。飛び道具では相性が悪い。

投擲ではなく、接近して直接旋刃盤の刃で攻撃すべきか。しかし、矢が通らない相手に刃は通じるのか――

球子が思案しているうちに、拳一つで敵に突っ込んでいく少女の姿があった。

高嶋友奈である。

「勇者パ――ンチっ!!」

友奈は拳を進化体バーテックスの反射板に叩きつける。

しかし、通常のバーテックスなら一撃で粉砕する拳が、この敵には傷一つ付けられない。

「一回で効かないなら……十回、百回、千回だって叩き続ければいい！」

友奈は自分の内側に意識を集中させる。強力な進化体と戦うために勇者たちが編み出した切り札を使うためだ。

勇者の存在は神樹に繋がっている。

神樹には地上のあらゆるものが概念的記録として蓄積されている。その記録にアクセスし、抽出し、力を自らの体に顕現させる――

今、友奈が無数の記録の中から選び出すは『一目連』。暴風を具象化した精霊だ。

一目連は、竜巻の勢いと力を友奈の拳に与えた。

勇者装束にも変化が起こる。

「千回ぃぃ……連続勇者パ――――ンチ！」

竜巻は強力なものになると、鉄筋コンクリートの建造物さえ破壊するほどの猛風が十数分も吹き続け、その威力は核兵器に匹敵するという。

竜巻の勢いを得た友奈の拳が、絶え間なく板状組織に撃ち込まれる。その数が八〇〇発を超えたところで板状組織に亀裂が走り、九〇〇発で亀裂は全体に広がり、千発目で進化体は粉々に砕け散った。

他のバーテックスの個体と対峙しながら、若葉は友奈の戦いを見ていた。

勇者の『切り札』は、肉体に大きな負担がかかる。ゆえに、できる限り使わないよう大社から言われていた。もし使う必要がある時は、若葉が自分で使って敵を倒すつもりだったのだが。

「……友奈の奴……」

若葉は思う――

この三年間、バーテックスは侵攻対象を諏訪に定めていたおかげで、四国は平和だった。

それだけの時間があったから、若葉たちは対バーテックスの訓練を積むことができた。勇者の戦装束を作り出すことができた。神樹の力を利用した攻撃

方法も編み出した。
（白鳥さん、諏訪の人々……あなたたちがいてくれたから、私たちの力はバーテックスに届いた。今日の戦果は、すべてあなたたちのおかげだ）
物思いに沈む若葉に、バーテックスが襲いかかる。
反応が一瞬遅れ——

ギリ、ブチィ！


「……まずいな、食えたものではない」

喰われたのは若葉ではなく、バーテックスの方だった。

若葉はバーテックスの突進を最小限の動きで避け、同時に敵の体の一部を歯で噛みちぎって見せたのだ。バーテックスの肉を飲み下し、そして刀で敵を両断する。

それが、四国に侵入してきた最後のバーテックスだった。

バーテックスを噛みちぎった若葉の姿を見て、球子と杏は引きつった顔をする。

「タマ、これから若葉をあんまり怒らせないようにするよ……」

「う、うん……それがいいと思う」


「若葉ちゃん！　変なものを食べちゃダメでしょう！」

バーテックスを掃討し、戦いが終わった後。

樹海化も解けて元の風景に戻った丸亀城の城郭で、若葉は正座させられていた。ひなたのお説教中である。

「だが……」

「だがじゃありません！」

「奴らは昔、私の友達を喰らったんだ。だからその仕返しをだな……何事にも報いをというのが……」

「お腹を壊したらどうするんですか！」

「う……むぅ……」

若葉は言い返せなくなってしまう。

その様子を周りで見ている友奈、球子、杏、千景。

「鬼のように強かった若葉さんが……」

小声で言う杏に、球子はう〜むと腕を組んでつぶやく。

「一番怖いのは、ひなただったか……」

その夜——

バーテックスの侵攻と、それを勇者たちが撃退したことを報じるニュースが、四国中に流れた。

人々はその勝利に、安堵と歓喜の声を上げる。

同時に、四国と諏訪との通信記録も公表された。壁の外にも生き残っている者たちがいること、彼らも必死にバーテックスに抵抗しているという事実は、四国の住民に希望と力を与えた。

しかしその報道では、諏訪との通信が途絶えてしまったことは伝えられなかった。

若葉たちだけが、諏訪の状況が絶望的であることを知っている。

報道をテレビで見ながら、若葉は一人で蕎麦を食べていた。

「……白鳥さん、やはり蕎麦よりもうどんの方が美味いと思うぞ。私には……蕎麦は少しだけ塩辛い」

戦いの後も、若葉たちの生活は変わらず続いていく。

翌日の昼休み、食堂でみんな一緒に食事を取っていると、球子が言い出した。

「なあ若葉。みんなで話し合ったんだけどさ」

「なんだ？」

若葉は怪訝そうな顔をする。

「やっぱり、お前がリーダーやってるのが一番いいと思う。今までは大社に言われたから若葉がリーダーってなってたけど、今回の戦いではっきり分かったよ」

「……どうしたんだ、急に？」

「いやさ、この前の戦いの時。お前が先頭になって戦ってくれたから、タマたちも戦うことができた。そうでなかったら、誰かが大怪我してたか……死んでたかもしれない」

戦いが終わってみれば、バーテックスの三分の二は若葉一人で倒していた。彼女の奮戦がなければ、杏や千景は危険だったかもしれない。

球子の言葉に、杏も身を乗り出すようにして言う。

「私も、若葉さんがリーダーやるのがいいと思いま

す！」

「うんうん。若葉ちゃんって、いかにもリーダーって雰囲気あるしね」

　友奈はにこにこと笑顔を向けている。

「……反論はないわ。あなたの活躍は確かだったし……高嶋さんも、あなたがリーダーに適格って言うから」

　千景は若葉の方を見ることもなく、ボソボソとそう言った。

「…………」

　若葉は全員の顔を見つめ――

「……ありがとう」

　今まで、自分がリーダーであっていいのか、確信が持てなかった。

　けれど――仲間たちの言葉を信じようと思う。

「良かったですね、若葉ちゃん」

　ひなたは若葉を微笑ましげに見つめていた。

「ところで……そうと決まれば若葉。一つ言いたかったことがあるんだけどよ」

　球子がジト目を若葉に向ける。

「なーんーで、お前はタマのこと名字で呼ぶんだ？　友奈とかは『友奈』って言うのに」

「私は名前で呼んでって、前に言ってたからね！」

　球子の疑問に、友奈が元気よく答える。

　若葉が初めて友奈に会った時、『高嶋』と呼んだら、「もっと気軽に友奈って呼んでよ！」と言われたのだ。

「むぅ～……だったら私も『球子』とか、もっと親しみを込めて『タマっち』でもいいから」

　不機嫌そうに球子が言う。

「実はタマっち先輩、若葉さんに名前で呼ばれないこと、実は気にしてるんですよ」

「はぁ!?　そそそ、そんなことねーしっ！　別に気にしてないしっ！」

　からかうような杏の言葉を、球子がムキになって否定する。

「あと、私のことも名前で呼んでください」

「あんず！　お前、都合よくタマの言葉に乗っかったな！」

　球子と杏のやりとりを見ながら、千景もポツリと言った。

「……私も……名前で呼んでいいわ……」

「「「!?」」」

若葉、球子、杏が驚きの表情で千景を見る。

「何よ……その顔……？」

「いや、少し意外だったと言いますか……」

若葉が言うと、ムッとしたように千景はそっぽを向いた。頬が少し桜色に染まっている。

「他のみんなが名前で呼ばれてるのに……私だけ名字なんて……変だから。あと、敬語使って話すのもやめてほしいわ……むずがゆい」

その言葉を聞いて、若葉は頷いた。

「分かった、今後はそうさせてもらう。千景、球子、杏」

——これが、結束というものか。

若葉は心が温かくなるのを感じていた。

「それじゃあ、みんなで記念撮影をしましょう！」

ひなたがそう言って、満面の笑顔でスマホを取り出す。

「今日は四国勇者の再出発記念日、そして若葉ちゃんのリーダー着任記念日ということで。……ふふふ、私の若葉ちゃん秘蔵画像コレクションが増えます」

「ひなた！　お前はまだそんな収集などしていたのか！　いつか絶対消してやるからな！」

「秘蔵画像コレクション？　なんだそれ？」

「おもしろそう！　ひなちゃん、私にも見せて！」

「球子、友奈！　興味を持つな！」

「私も見たいです！」

「……どうでもいいわ……」

食堂の中でわいわいと騒ぐみんなの姿を、ひなたは写真に収めるのだった。


（三話完）

乃木若葉は勇者である

Nogi Wakaba wa YUSHA de aru

入赦書史部・巫女様
検閲済

あの技を使うと、とにかく疲れました。
すっごく強いですけど、
1度の戦いで何回も使える技ではないと、
身をもって分かりました。
事前に、技のリスク……
体力の消耗や疲労感の説明はありましたけど、
体験してみると違います。

今回は一目連に手伝ってもらったけど……
私としては、力が強化されるのも欲しいかな。
「[redacted]」いつか試してみたいと思います。

勇者御記　二〇一八年十月
高嶋友奈記

第四話

―陰葉―

vol.4

Planning and configuration by Takahiro
Writing by Akashiro Aoi
illustration by Bunbun
Vertex Design by D.K&JW WORKS
Supervision by Project 2H

田園に囲まれた細い道を一台のバスが走って行く。

千景の座席の傍らには、専用武器である大鎌が布袋に収めて置いてあった。この大鎌は折り畳んで携帯できるようになっている。

彼女は特別休暇を利用して、地元である高知へ帰ってきていた。

窓の外に広がる風景を眺める。

季節はもう十月。

秋の風が田園の黄金色の稲穂を揺らし、遠くに見える山々も紅葉して色づき始めている。

「…………」

やがて千景は窓から目をそらし、鞄から携帯ゲーム機を取り出して電源を入れた。

襲い掛かってくるゾンビや山羊角の怪物を、銃で撃ち殺していくFPS。

イヤホンを耳につけると、バスの走行音も聞こえなくなる。画面に集中していれば、それ以外の光景は何も見えなくなる。

ゲームは千景のたった一つの趣味だ。

千景の操る銃が画面の中の敵を次々に打ち倒していく。

撃たれて息絶えた怪物は、人間と同じような赤い血を流す。

千景の技術は凄まじい。初期装備オンリー、回復アイテム不使用、セーブ及びスリープ禁止といった縛りプレーでも、ステージを次々に踏破していく。

(私が勇者になったこと……もう四国中の人が知っているのよね……)

四国への初めてのバーテックス襲来後、騒々しかった数日間を思い出す——

千景たちの初陣が勝利に終わった後、バーテックスに対抗する『勇者』の存在は大々的に報道された。

大社はマスメディアの取材を受け入れ、むしろ勇者の存在をアピールすることで、四国の人々を安心させる方針を採ったのだ。人類はバーテックスに勝てる、勇者が人々を守ってくれる——と。

テレビ、新聞、ネット、週刊誌などで、連日のように五人の勇者のニュースが実名付きで流れた。勇者たちがすべて年端も行かぬ少女であることも話題になり、四国中の子供から大人まで、誰もが勇者という存在に注目していた。

曰く、国家の秘密兵器。

曰く、人類の希望。

曰く、最後にして最強の楯。

「この雑誌と新聞、若葉ちゃんのインタビュー載ってるよー」

昼食時、友奈が食堂に大量の雑誌と新聞を持ってきた。どれも勇者の特集記事が紙面を飾り、特にリーダーである若葉は顔写真と共に大きく報じられている。

「すごい騒ぎになってますねえ……」

杏は雑誌を手に取りながら、感嘆するように吐息を漏らす。

ひなたは新聞の一紙を見て、眉間に皺を寄せた。

「むむむ、いけませんね。この写真では若葉ちゃんの魅力が表現できていません。次回からは各社に私が選んだベストショットを……！」

「するな！　絶対にするな！」

「それはフリですか、若葉ちゃん？」

球子も新聞を眺め、呆れたように肩をすくめる。

「というか、どれこれも勝手なこと書いてるよなー。タマたちは兵器でも希望でも楯でもない、人間だってのにさ」

そしてしばらくの間、ある種の祭りのような『勇者お披露目』騒ぎが続き、その後彼女たちは順番に休暇を取ることが許可された。勇者システムが使用できるか否かは精神状態にも左右され、消耗しきった状態では力を発揮できない。適度な休養は欠かせないのだ。

特に友奈は、精霊の力を自らの体に宿して戦うという切り札を使ったため、その影響を検査するために入院する必要があった。

バスのドアが開くブザー音が、イヤホン越しに聞こえた。ゲーム画面から顔を上げると、いつの間にか目的地のバス停に着いている。

ゲームのスコアは記録を更新しそうだったが、千景は仕方なく電源を消した。

「……降ります……」

彼女は鞄にゲーム機を仕舞い、大鎌を抱えて座席を立った。

バスを降りて数分も歩くと、一階建ての小さな借家に着く。ここが千景の実家だ。

玄関扉を開けて中に入ると、悪臭が鼻についた。廊下は端にホコリが溜まり、空き缶や空き瓶が転がっている。隅に置かれたゴミ袋は、回収日に出されることを忘れられ、もう何週間も放置されているのだろう。

「ただいま……」

返事は返って来なかった。

仕方なくそのまま廊下に上がり、空き缶を避けながら歩く。

居間に入ると、布団に伏せっている母の姿があった。薬を飲んで眠っているようだ。白髪交じりの髪、落ち窪んだ目、痩せてカサついた肌……まだ三十代だとは思えないほど年老いて見える。

向かい側の襖が開いて、父が部屋に入ってきた。

「千景、帰ってたのか！　久しぶりだな、元気にしてたか？」

大げさに両腕を広げ、娘の帰省を喜ぶ。明るい表情を作っているが、どこか疲労の色が見えた。

父は千景が持っている大鎌の布袋を見て、一瞬顔を強張らせた。だが、すぐにまた作ったような笑顔を貼りつける。

「それが勇者の……大変だっただろう？」

何に対しての『大変』なのか。勇者として戦っていることに対してか、こんな物騒で重いものを携帯して帰省したことに対してか。千景には分からなかった。

「それよりお父さん……掃除くらいちゃんとして……玄関にも廊下にもゴミが溜まってる」

「あ、ああ。けどなぁ、母さんの看病で忙しくてな」

言い訳がましいセリフを言いつつ、千景から目をそらす父。彼は家事がまったくできないし、しようともしない。

「すまんな、千景。母さんがこんなことになって」

父は眠っている母を見下ろして、ため息をついた。

「ううん……ちょうど休暇もらえたから……」

千景が実家に戻ってきたのは、母の容態が悪化したためだった。

バーテックス襲来の日以降、多くの人々が発症した『天空恐怖症候群』。上空から襲来したバーテックスへの恐怖により起こる、精神的な病だ。

天空恐怖症候群は、症状の重さによって四段階のステージがある。最も軽いステージ1では空を見上げるのを恐れて外出を嫌うくらいだが、ステージ2以降ではバーテックス襲来時のフラッシュバックなどが起こり、精神不安定となって日常生活に支障を来す。

千景の母はこれまでステージ2だったが、つい先日、ステージ3まで病状が悪化した。その段階まで進めば、フラッシュバックや幻覚が頻繁に起こり、薬を手放せなくなる。もちろん働くことも外出することもできない。

さらに病が進行すれば、ステージ4——自我の崩壊、記憶の混濁、発狂に至る。あまりにひどい症状に、バーテックスからは人の脳に作用する電波か毒が放出されているのだと噂する者もいるくらいだ。

ステージ3となった患者は、ステージ4へ至るまでそれほど時間はかからないという。

病の進行のため、母は間もなく専門の病院へ入院することになる。その前に実家へ戻って顔を見せてほしいと、父は千景にそう言った。

さらに病状が進めば、長くせず母は千景が誰であるかさえ分からなくなるだろう。そうなる前に少しの間でも母と一緒に過ごしてほしいと言う。

諦めを隠そうともしないその言い分も腹立たしかったが、千景は断る理由も思いつかず、帰省することにした。

「千景、お昼ご飯は食べてきたか？　お腹が空いているだろう、今から出前でも——」

「いいよ……食べたくない」

父の言葉を遮り、千景は両親に背を向け、居間の出入り口に向かう。

「どこに行くんだ？」

「せっかく帰ってきたんだから……友達に会って来る……」

「そうか……」

何か言いたげな雰囲気が背中越しに伝わって来たが、千景は無視して部屋を出た。

（やっぱり……帰ってくるんじゃなかった……）

千景は後悔しながら、稲田の間に敷かれた細い道をトボトボと歩く。

友達に会ってくるというのは、ただの言い訳だ。この村で会いたいと思う友人など、千景にはいない。郡家の淀んだ空気から早く逃げ出したかっただけ。あの家は嫌いだ。

行き詰まって疲れ果てた両親の姿も嫌いだ。

どうして、こんな風になってしまったのだろう。

千景の父と母は恋愛結婚だったという。

親族には結婚を反対されていたらしく、安く小さな家を借りて二人だけで暮らし始めた。

そして間もなく千景が生まれる。

千景の存在を、父も母も心から祝福した。

二人だけだった家族は三人に増え、小さな幸せの日々が続いていく――

――そうはならなかった。

千景の父親は無邪気な子供がそのまま大人になったような性格で、夫や父親としては問題のある人物だった。自分の自由を優先する反面、家事や育児を面倒くさがり、家族への思いやりに欠けた。

ある夜、母が高熱を出して倒れ、幼い千景では何もできず、助けを求めるように父へ電話を掛けたことがある。彼はただ「薬を飲ませて寝かせていろ」と答えただけで電話を切り、酒に酔って帰ってきたのは午前二時頃。それまで、千景は不安でずっと泣き続けていた。

時が経つにつれ、家族に確執ができていく。

そして――母の不倫が発覚した。

話題の少ない田舎だからか、その醜聞はたちまち周囲に知れ渡った。父も母も、村の中での立場は非常に悪くなった。

千景も同じだった。外を歩いている時、陰口が絶えなかった。学校にいる時、蔑まれ虐げられた。

長くせず、母は男と共に家を出ていった。

そんな状況になっても、両親は離婚をしなかった。

千景をどちらが引き取るか、話し合いがつかなかったからだという。二人とも、千景を押し付けあったのだ。

娘さえいなければ、両親は過去を完全に切り捨て、新しい生活を始めることができる。

千景の存在を、父も母も心から呪った。

――私は、無価値で疎ましいだけの子なんだ……。

千景ははっきりとそう自覚した。

両親からは疎まれ、村の住人からは蔑まれ、学校では虐げられる生活が続いた。


そしてバーテックス襲来の日。


千景に勇者としての力が発現した。バーテックスの襲撃地にいなかったため、戦いこそしなかったが、紛れもなく勇者の力を有していると大社は認定。千景はすぐに香川へ招集された。

それから、流されるように物事は進む。勇者という存在の説明を受け、同じ力を持つ少女たちと出会い、大社管理下の学校へ転入させられた。たった六人の生徒しかいない全寮制の学校だった。


様々な手続きが終わり、勇者としての生活に慣れた頃、千景は一度だけ実家へ帰省した。

そこには母の姿があった。母は本州にいてバーテックスに襲われ、かろうじて四国へ逃げ戻ってきたという。一緒にいた男はバーテックスに殺されたらしい。

『母さんは天恐《てんきょう》だそうだ……』

父は暗い顔でそう言った。

天空恐怖症候群の発症。既にステージ2だった。外に出ることも働くことも困難。不倫騒動と醜聞のせいで父も母も親族から絶縁状態になっており、父が一人で母の看病をするしかなかった。天恐は患者が多すぎるため、ステージ2では入院させることもできない。父はパートタイムの仕事に転職し、収入は減ったが、母の治療のために金がかかる。生活はぎりぎりだった。

（……自業自得よ……）

郡家はひたすら息苦しく、閉塞している。

あの家は嫌いだ。

行き詰まって疲れ果てた両親の姿も嫌いだ。

そして何よりも、無価値で疎ましいだけの自分が嫌いだ。

物思いに沈みながら歩いていると、かつて通っていた小学校の前に来ていた。昔の癖だろうか、勝手に足が向いていたようだ。

この学校には嫌な思い出ばかりがある。

校内で味方はいなかった。いつも一人、自分の席で俯《うつむ》いて過ごしていた。

クラスメイトたちは千景を『阿婆擦《あばず》れの子』『淫乱女』と呼んだ。恐らく言葉の意味も分かっていないのに。

職員室に入ると、教師たちの『あの親の子じゃロクな大人にならない』という嘲《あざけ》りが聞こえた。

毎日のように持ち物がなくなった。

女子に囲まれて着ていた服を脱がされ、焼却炉で燃やされた。

ハサミで髪を切られ、その時一緒に耳まで傷つけられた。

遊びと称して階段から突き落とされた。

あの頃、千景が自分の心を守る方法は、ひたすら内に閉じこもることだけだった。そのための方法の一つが、ゲームに熱中すること。画面に集中し、イヤホンで耳を塞いでしまえば、周囲のすべてを自分から切り離すことができる。

そうすれば、罵倒の声も虐げられる痛みも、千景には届かない。

何も聞こえない。

何も感じない。

何も痛くない。

ゲームに没頭し、ただ時間が過ぎ去るのを待つ。

自分は無価値な存在だから、人に傷つけられるのも仕方ないのだ。

『親がアレじゃ』『ウザい』『ネクラ』『燃やそう』『あははは!』『服どうしたのぉ?』『いんらん』『あんな親だから』『うっとうしい髪』『ハサミ』『あ、失敗』『血!』『あははは』『先生、知らなかったわ』『あははは!』『ゲームやめろ』『キモい』『階段』『落ちちゃった』『救急車』『逃げろ』『先生に面倒かけないで』『あの親の子だから』

何も聞こえない。

何も感じない。

何も痛くない。

何も——

「痛くないわけ……ない……！」

千景は耳を押さえる。昔クラスメイトにハサミで切られた箇所がじくじくと痛んだ。

どんなにゲームに没頭しても、蔑《さげす》みの声は聞こえる。悪意は伝わる。痛みは感じる。

だから彼女は、ずっと独りで傷ついていた。

「なんで……」

眼の奥が熱くなる。

なんで思い出してしまうのか。香川にいる時は思い出しもしなかったのに。あの頃の記憶なんて、すべて頭から消え去ってしまえばいいのに。

（帰ろう……）

千景は学校に背を向けた。

もう、一秒でも故郷《ここ》には居たくない。

すぐに香川へ帰ろう。

（高嶋さんに……会いたい……）

虐げられる生き方が染み着き、すっかり人と接することが不慣れになってしまった千景に、友奈は屈託なく話しかけてくれた。

香川へ戻れば——

友奈と話していれば——

きっとまた昔の記憶なんて忘れられるだろう。

「あなた……郡さん？」

背後から女性の声がして、千景は振り返った。そこに立っていたのは、かつて彼女の担任だった女性教師だ。

彼女は昔よりも少しだけ老けてしまった顔で微笑んだ。

「どうしてこんな所にいるの？　みんなもう、あなたの家へ行っているわよ」

「……？　私の家……？」

「そうよ。あなたが地元へ帰ってきたこと、みんなに伝わってるから」

千景の頭の中が疑問符で埋め尽くされる。

（みんなって……？　なんのこと……？）

彼女は千景の手を取り、「さぁ行きましょう」と引っ張るようにして連れて行く。

元担任によって連れて来られた場所は、千景の家だった。

　家の前には人だかりができている。

　ますます混乱する。

　千景が近づいていくと、集まっていた人々は彼女を取り囲んだ。

　さらに混乱する。

　いったい何が起こっているのか。人々は、一様に興奮と尊敬の眼差しを千景に向けていた。

　それから、浴びせられるような無数の声。

　千景を虐げた昔のクラスメイトが媚びへつらった笑みを浮かべ、「私たち友達だよね？　恨んでないよね？」と言ってきた。

　かつて千景を尻軽女の娘と蔑んだ商店街の店主たちが、ぜひ自分の店に寄ってほしいと彼女に頭を下げてきた。

　薄気味悪い子だと千景の陰口を言っていた近所の主婦たちが、彼女をこの村の誇りだと褒めちぎった。

　市長を名乗る男が、千景に栄誉賞を与えるから、授与する場面を地域誌とホームページに掲載させてほしいと頼んできた。

　千景は初め、ただ呆然としていた。

　しかし、やがてこの状況の意味に気づく。

（ああ、そう……これは……）

　千景は布袋に入れたままの大鎌の柄で、地面を叩いた。

　乾いた音はあたりにやたらと響き、一瞬で彼女を取り囲む人々は静まり返る。

「……皆さんに……訊きたいことがあります」

　その場にいる全員が彼女に注目する中、千景は小さな声で言った。

「私は……価値のある存在ですか……？」

　人々はしばし怪訝《けげん》そうな顔をして、やがて誰かが答えた。

「もちろんよ。だってあなたは勇者様だもの」

　同じような言葉が、すぐに他の人々からも投げかけられた。誰もが勇者である千景を称賛している。

千景は今まで、ずっと最底辺だった。蔑まれ、疎まれ、傷つけられ、お前は無価値な人間だと、体と意識に刷り込まれるように生きてきた。

だが、今はどうだ？

かつて千景を傷つけていた人間が、彼女に媚びへつらっている。

以前は千景など路傍の石とすら思わなかっただろう大人が、彼女に両手を揉み合わせている。

（私が……勇者だから……！）


その日、千景はやはり一泊だけ実家に留まることにした。

両親と共に過ごす時間は苦痛だったが、千景には今や二人の存在があまりにも小さく見える。

千景にとって、彼らは嫌うほどの価値もない弱い存在なのだ。

勇者の家庭には大社から報奨金が与えられ、その他にも様々な便宜が図られる——いつだったかそう聞かされたことを、千景は思い出していた。収入の減った両親が生活できているのも、母を入院させることができるのも、千景のお陰だろう。

勇者である千景が、両親を生かしているのだ。

薬のせいでどこか虚ろな目をして伏せっている母の顔を覗き込みながら、彼女は訊いてみた。

「ねえ……お母さん」

「なに……？」

「私が勇者になって……お母さんは嬉しい……？」

「ええ……あなたを産んでよかった……愛してるわ」

生まれた時に祝福され。

後に呪われ、疎まれ。

今、千景は再び祝福された。

翌日、千景は香川に戻った。

そして間もなく、バーテックスの二度目の侵攻が起こる。

壁を越え、押し寄せてくる人類の天敵。

少女たちはそれぞれの武器を持ち、バーテックスの一群へ立ち向かう。

今回は一度目の侵攻よりも、入ってきたバーテックスの数ははるかに多い。

だが初陣と違い、千景はもう恐怖していなかった。

大鎌を振るい、次々に敵を撃破していく。

若葉も、球子も、杏も、そして友奈も、

「え……高嶋さん？」

千景は一瞬、目を疑う。友奈は検査入院中で、今回の戦闘には参加しないはずだった。

目の前のバーテックスを斬り裂いた後、千景は友奈の方へ向かう。

「高嶋さん……病院にいたんじゃ……？」

友奈は気まずそうな笑みを浮かべて、

「あははは……時間止まってるから、抜け出して来ちゃった。みんなが戦ってるのに、私だけお休みなんてできないよ！」

友奈らしい答えに、千景は思わず口元が緩む。

「おー、ぐんちゃんが笑った！　今日は緊張してないね！」

「ええ……前みたいな醜態は晒さないわ……」

「うん！　よ〜し、それじゃバーテックスなんて全部倒して、四国を守るよー！」

千景はこくりと頷き、バーテックスの群れを見つめる。

（……私が一番多く殺して……一番勇者として活躍する……！）

千景は跳躍し、バーテックスの一群の中に切り込んでいく。大鎌を振るう度に、次々に敵は両断され、奇妙な鳴き声をあげて消滅していく。ゲームのモンスターを倒すのと同じくらい簡単だ。

（私は……勇者だからこそ価値がある……）

人々を守り、バーテックスを討つ勇者だからこそ、彼女は称賛され、愛される。

ならば、最も多くバーテックスを倒して活躍した勇者となれば、さらに価値を認められ、愛されるだろう。

（もっと頑張れば……もっとみんなが私を好きになってくれる……）

無価値な自分に戻りたくない。

そのためなら、どんなことだってやってやる。

突如、バーテックスたちの数体が融合を始めた。

進化体を生み出そうとしているのだ。

「あいつは……私が殺す……！」

千景は自分の体の内側に意識を集中させ、神樹の持つ概念的記録にアクセスする。そこから力を抽出し、自らの体に宿す——

融合して新たな形態となったバーテックスは、元の姿の口部分だけを残して巨大化したような形をしていた。

「デカくなっただけ……か？」

「どうなんだろ……？」

球子と杏が警戒しつつ、進化体の動向を窺う。

次の瞬間、進化体の巨大な口から、無数の矢が射出された。流星のように、矢が球子たちに降り注ぐ。

「うわああああああ！」

慌てて球子は旋刃盤を楯形状にして、自分と杏を矢から守る。

進化体は球子たちへ攻撃が通じないと分かると、次は友奈へ狙いを定めた。

「わわわわわわ！」

友奈も無数の矢から慌てて逃げ惑う。

「これじゃ近づけないよー！」

矢の射出量は、杏のクロスボウの比ではない。これでは無理に近づこうとすれば、あっという間に剣山のようになってしまうだろう。

進化体は、さらに狙いを友奈から千景に移す。

無数の矢が千景を襲い——

千景の体は無惨に射貫かれた。

彼女は崩れるように倒れ、樹海の中に落ちていく。

「ぐんちゃああ——ん‼」

友奈の悲痛な叫びが響く。

しかし直後、友奈は信じがたい光景を見た。

樹海に落ちて消えたはずの千景が、別の場所から進化体バーテックスへと特攻していっているのだ。

それどころか、よく周囲を見てみれば、敵へ迫っている千景は一人ではなく七人いた。

「分身の術⁉　ぐんちゃんは忍者だった⁉」

（違うわ……高嶋さん……）

千景が神樹の概念的記憶の中から抽出した精霊は

『七人御先《しちにんみさき》』。その力を纏った千景は、七つの場所に同時に存在し、七人の千景が同時に殺されなければ死なない。

一人撃墜されても二人撃墜されても、致命傷となった千景はすぐに消滅して新たな千景が出現し、『七』という人数は絶対に増減しない。

どんなに矢の数が多くとも、七人が同時に殺されることなどあり得ない。すなわち、今の千景は不死身である。

無数の矢を掻い潜り、途中で十数人の千景が撃墜されたが、構わず千景たちは進化体バーテックスの目前に迫る。

（私の武器に宿る霊力は……《大葉刈《おおはがり》》……）

かつて農耕を司る地の神の一人が、死した友人の喪屋を怒りのままに切り捨てるという暴挙を行った。その際に使われた武器が《大葉刈》。死者をも冒涜する呪われし刃。ゆえに――

（死ぬには……ふさわしい武器でしょう……？）

七人の千景は、人の身長ほどもある大鎌を同時に振りかぶり、同時に振り下ろす。七ヶ所を同時に攻撃され、進化体バーテックスは砕け散って消滅した。

そして――

総勢一〇〇体を超えるバーテックスはすべて掃討され、勇者二度目の出陣となる戦いは終わった。

敵の過半数を倒したのは、今回も乃木若葉だった。

数日後――

秋も深まり、風が冷たくなってきた頃。

千景は一人、訓練場で大鎌を振るっていた。

前回の戦いでも、やはり大社は若葉の活躍を称賛し、マスコミも大きく取り扱った。

（私は……もっと強くなる……乃木さんよりも……）

「ぐんちゃーん！」

千景は大鎌を振るう手を止めて、声の方を向いた。訓練場の入り口から、友奈が駆けて来ている。

「高嶋さん……病院は……？」

「今日、やっと退院できたんだ。入院してる間、本当に退屈だったぁ！　あと、樹海化してる時に病院を抜け出してたこと、しっかりバレてた……。それ

がなかったら、もっと早く退院できてたんだけど……」

友奈は肩を落としてため息をついた。

「ところで、ぐんちゃんは自主訓練中？」

「うん……強くなりたいから……」

今まで千景は、自分から訓練を行うことはなかった。しかし今の彼女は、より強くなってより多くのバーテックスを倒さなければならないという、強い目的意識を持っている。

（もっと頑張れば、もっとみんなが私を愛してくれる……）

勇者だからこそ千景に価値があるなら、その価値をより高めたい。そのためには強くなることだ。

千景は再び、武器を振るい始める。

単純に殺傷力だけを考えれば、千景は自分の武器が若葉の刀に劣っているとは思わない。ならば、若葉と自分の違いは何か？　恐らく、武器の扱いに対する習熟度だろう。

若葉は幼い時から居合を習い、刀を自分の手足のように扱うことができる。

一方、千景は重く大きな鎌を、そこまで扱い慣れていない。

だから少しでも多くこの武器を振るい、扱いに習熟すれば、きっと若葉と同じくらいに強くなれる。

「ぐんちゃん、ちょっといいかな？」

友奈が千景に手を伸ばす。

「……っ！」

千景は咄嗟に身構えてしまった。かつて虐めを受けていた後遺症とも言える癖だ。他人が不意に自分へ手を伸ばすと、恐怖で反射的に体が強張る。

（高嶋さん……気を悪くしたかも……）

しかし友奈は気にした様子もなく、そのまま千景の手に触れた。

「武器はこう持って、もっとこう……ズバーン！　って感じで振るった方がいいと思うよ」

友奈は千景の手に自分の手を重ね、一緒に大鎌を振るう。

「ず、ズバーン……？」

「そう、ズバーンって感じ！」

「……どんな感じかしら……？　ズバーンって

……？」

「ズバァって感じだよ！」

「ズバーンじゃ……なかったの？」

「ズバーンとズバァは同じだけど、違うんだよ！　気持ちは違うの！」

友奈の説明は分かりにくい。けれど、一生懸命に千景に伝えようとしてくれる。

その気持ちが嬉しかった。

「あとね、ぐんちゃん」

「……何？」

「私はこの前の戦い、ぐんちゃんが一番活躍したと思うな」

「……え？」

「若葉ちゃんに負けないくらい、バーテックスにどんどん立ち向かって行ってたし。私の方へ来ようとした敵は、ほとんどぐんちゃんが倒してくれてたよね？　タマちゃんたちが見過ごしてたバーテックスも、ぐんちゃんが全部倒してた」

「あ……」

千景がどんなに頑張って戦っていたか、彼女はちゃんと見てくれていたのだ。

友奈は千景と手を重ねて武器を振るいながら、笑顔で言う。

「えへへ、ぐんちゃんの手はあったかいね。今日は寒いから、ずっとこうしてたいな」

「……うん……」

千景は眼の奥が熱くなった。

これは地元に帰省した時に流した、あの苦い涙とは違う。

「あれ、泣いてる？　何か悪いこと言っちゃったかな⁉　ごめん！」

慌てて謝る友奈に、千景は目尻の涙を拭って首を横に振る。

「ううん……違うの……これは……」

「？」

きょとんとしている友奈に、千景は泣き笑いの顔で言った。

「ありがとう……高嶋さん」

きっともう、昔の傷が痛むことはない――そう思った。

（4話完）

乃木若葉は勇者である

Nogi Wakaba
wa YUSHA
de aru

大赦書史部・巫女様
検閲済

タマは杏が好きだ。

杏もタマが好きだ。

付き合っちゃうか。

それは冗談として……

なんで奴らに[redacted]が通じないんだ？

シルエットは[redacted]っぽかったのに。

あの容赦のなさ、

そして[redacted]を受け付けなかったことから

タマが出した結論が……一つ。

奴らが元々は[redacted]だったとか、

そーいうのは一切なしっ！

断言するっ！

間違ってたらここの日記全部消しといて！

勇者御記　二〇一八年十一月

土居球子記

第五話 双葉

vol.5
Planning and configuration by Takahiro　Writing by Akashiro Aoi
illustration by Bunbun　Vertex Design by DK&JW WORKS
Supervision by Project 2H

授業間の休み時間。

球子と杏は、イヤホンをお互いの片耳ずつに掛けて、スマホから一緒に音楽を聴いていた。

「……どーよ、この曲は?」

イヤホンをつけたまま、球子は杏に尋ねる。

今は球子がお気に入りのロックバンドの新曲を流しているところだった。

「良い曲だけど、私はもっと静かなラブソングがいいなぁ。こんなのとか」

杏が自分のスマホを取り出し、イヤホンに接続して曲を流し始める。

「……む~……悪かない。悪かないが……もっとこう、勢いとノリが欲しいというか……やっぱ音楽はパンクロックだろっ!」

「そんなことないよ、音楽はバラード、そしてラブソングが一番じゃないかな」

「いやいや、青春の叫び、情熱の発露! パンクロックだっ!」

「染み入る曲調、心を揺さぶる恋! ラブソング!」

二人が言い争っていると、チャイムが鳴り響く。同時に教師が教室に入ってきた。

「う、授業か」

杏と球子は慌ててイヤホンとスマホを仕舞い、それぞれ自分の席に向かう。その前に、球子はそっと杏に耳打ちする。

「さっきのあんずのお気に入りの曲、後で曲名教えてくれ。もっと聴いてみたら何がそんなにいいのか、分かるかもしれないしな」

「うん。じゃあタマっち先輩オススメの曲も、もっと教えて。聴いてみるから」

「タマちゃんとアンちゃんって、本当に仲良しさんだね」

昼休み、食堂でうどんを食べながら、友奈が微笑ましげにそう言った。

今日も昼食はみんな一緒だ。

「タマたち、ほとんど姉妹みたいなもんだしなっ!」

杏を抱きしめながら言う球子。

――だが、球子の方が杏よりも小柄なため、抱きしめているというより、抱きついているように見える。

「えへへ」

　抱きつかれている杏も、決して迷惑そうではない。

「というかタマたち、もう一緒に暮らしてもいいくらいだ」

　そう言う球子に、杏はからかうように返す。

「うーん……でも、もしタマっち先輩と暮らすなら、いろいろ大変そう。部屋の中に自転車とかキャンプ道具とか、よく分からないもの置いてあるから、まずはそれを片付けてもらわないと」

「あ、あれはただの自転車じゃないぞ、ロードバイクだ。錆びたりしないよう、部屋の中に置いとくんだよ。それにキャンプ道具だって、そのうち使うからっ！　……勇者になってから、なかなかできないけど」

　球子はアウトドア好きで、休みの日は自転車で遠出したり、山登りをしたりしている。本当であれば山でキャンプをしたりもしたいのだが、遠隔地で外泊となるとなかなか大社からの許可が下りない。

「だいたい、それ言うならあんずの部屋だって相当だぞ？　本棚も机の上もベッドの枕元にも、部屋中が本だらけじゃんかよー。しかも恋愛小説、恋愛小説、恋愛小説、恋愛小説、恋愛小説……そればっかりだっ！　部屋に行く度に増えてるし」

「それがいいんだよー。本に囲まれてると幸せな気分なの」

　うっとりとした顔で言う杏。

　杏は無類の読書好きで、恋愛小説や少女小説で埋め尽くされた大きな本棚が部屋の壁を占拠している。しかも彼女の持つ本の量は、日に日に増加傾向にあるようだ。

「タマには理解できねえ……」

　呆れたように球子はつぶやいた。

「二人とも……お互いの部屋のこと、よく知ってるのね……」

　早々に昼食を食べ終わり、携帯ゲーム機に向かっていた千景が、画面から顔を上げて言う。ちなみに画面から目を離していても、操作する指は休みなく動いている。

　千景の言葉に球子は「当然！」と頷いて、

「タマとあんずは部屋が隣同士だし、よく部屋に入り浸ってるからなっ！」

勇者たちが通う学校は全寮制だ。校舎である丸亀城の敷地内に寄宿舎があり、勇者5人と巫女のひなたはそこで生活している。

「それなら若葉ちゃんも、しょっちゅう私の部屋に来ますよ」

どこか得意気に、胸を張って言うひなた。

「若葉ちゃんは私の部屋に来ると、困り顔で相談事を持ちかけてきたり、膝枕で耳掃除してほしいとねだってきたりしますね」

「ひ、ひなた！」

慌ててひなたの口を塞ごうとする若葉だが、もう後の祭りだ。

「いつもの若葉さんとイメージが違いすぎます……」

杏は意外そうな視線を若葉に向ける。

友奈はきょとんとして、

「若葉ちゃんって、もしかして甘えん坊さん？」

「私の前限定で、です」

むふん、と鼻息荒く言うひなた。

「そういえば、若葉さんはいつも自然とひなたさんの隣に座りますよね。今もですし」

杏がそう言うと、さらに若葉の顔が赤くなる。

「だ、だが、ひなただって毎晩特に用事がなくても、私の部屋に来るじゃないか。きっと寂しいからだろう!?」

「いえ、私の場合は、若葉ちゃんが明日の準備ができているかなどを、確認に行っているんです。若葉ちゃんは毎日、課題や予習復習など完璧にしているんですが、使った後に教科書を鞄に入れ忘れたり、時々うっかりしてますから。もちろん、そんな時はこっそり鞄の中に教科書、ノートなどを戻しておきます」

「え……そんなことをしていたのか!?」

若葉自身も気づいていなかったらしい。

「なんだかひなちゃんって、若葉ちゃんのお母さんみたい」

「当然です、若葉ちゃんは私が育てましたから」

感心したように言う友奈に、ひなたはにっこりと笑って答える。

「も、もうこの話は終わりだ！　終わり！」

若葉は顔を赤くしたまま、無理矢理に話を断ち切った。

食堂から教室へ戻る途中、ひなたは杏に尋ねてみた。

「杏さんと球子さんは、どうしてそんなに仲が良いんでしょう？」

ひなたは巫女の一人なので、勇者たちの個人データを大社から知らされている。杏と球子は出身地こそ近いが、バーテックス出現時に初めて出会ったのだという。若葉とひなたのように元々から友人同士だったわけではない。

しかし杏と球子は、丸亀城の学校に招集された時、既に数年来の親友のように仲が良かった。

「そうですね……」

杏は少し前を歩いている球子の背中を見ながら、昔のことを思い出す。

「今はそんなでもないんですけど、昔は私、すごく体が弱かったんですよ。入院したことも何度もあって……」

――小学三年生の時。

その年は特に体調を崩しやすく、ほとんど学校へ通えなかった。

結果、出席日数の不足で原級留置となり。

杏はもう一度同じ学年をやり直すことになった。

同じクラス、同じ学年の友人たちはみんな進級し、たった一人だけ取り残される。

一歳年下の同級生たちに囲まれた教室――その中で杏は異物だった。

それで虐めや差別を受けたということはない。教師も周囲の生徒も、杏を他の生徒と別け隔てなく扱おうと気遣っていた。

だが、気遣っているという時点で、もうそこには凝《しこ》りがある。ほんのわずかな溝ができている。その溝は生徒たちからではなく、杏側から感じていたのかもしれないが。

杏は、いつもクラスメイトたちから、薄膜一枚向こう側にいるように感じていた。いつの間にかクラスメイトたちと距離ができ、一人で本を読む時間が増えていった。

本来なら違う学年にいるべき人間が紛れ込んでいるという違和感、孤独感、疎外感。それは何年進級していっても消えることはない。小学校だけでなく、中学

校でも、高校でも——

（私はずっとこのまま、周りに馴染むこともできないまま、生きていかないといけないのかな……）

そう思ったら、大好きな本を読んでいる時でも、涙が出てくることがあった。

終わりの見えない孤独が苦痛となり、杏の心を緩やかに締めつける。

いつしか杏は、自分を救い出してくれる存在を求めるようになっていた。少女小説や絵本の中に出てくる王子様のような人を——

やがて杏は小学四年生に進級し。

七月末日、バーテックスが襲来した。

杏の出身地は愛媛県北西部で、海と山に囲まれた町だ。

連日、地震や異常な突風などの災害が発生し、地域住民への警戒が呼びかけられていたが、その日の夜も津波への警戒から内陸部へ避難が行われることになった。

バーテックスが出現したのは、両親と一緒に避難先へ移動している途中だ。空から降りてきた異形の化け物。避難する人々が逃げ惑う中で、杏は両親たちとはぐれてしまい、いつの間にか小さな神社の前に来ていた。

そこで彼女は、勇者としての力に覚醒する。

何かに導かれるように、奉納されていた弩《おおゆみ》を見つけ、それが目の前にいる化け物たちを討ち倒す力になることは、理屈を超えて理解できた。

しかし、戦えない。

力があっても、バーテックスを前にすると足が震えた。幼く、戦いなど経験したこともない杏が、弩一つで巨大な化け物たちに立ち向かえるはずがない。

（助けて……）

迫る化け物たちに怯えながら、杏は願った。

（誰か、助けてください——）

「ここかぁぁぁぁぁっ!!」

突如、杏の目の前にいたバーテックスに、円形の鉄の板らしきもの——楯？——が投げつけられた。楯はバーテックスの白い巨体に刺さり、化け物は奇妙な鳴き声をあげて消滅する。

その楯を投げつけたのは——杏よりも小柄で、しかし活発そうな少女。

化け物に致命傷を与えた楯が、杏の弩と同じく特殊な力を宿した武器であることは直感的に分かった。

少女は小さな体で風のように駆け、バーテックスの一体を倒した楯をすぐさま回収し、近くにいた別のバーテックスを攻撃する。白い化け物の群れの中で、彼女は楯を強引に武器として使い、次々に敵を屠《ほふ》っていった。

その姿を、杏はただ呆然と見ていた。

やがて周辺にいたバーテックスが一掃され——

楯の少女は腰を抜かして座り込んでいる杏の前に来て、手を差し出した。

彼女の手はさっきまでの戦いのせいか、傷だらけになっていた。

「無事か？　タマが来たから、もう安心だぞ」

それが土居球子との出会い。

そして杏が、自分を救い出してくれる拠り所に触れた瞬間だった。

「タマっち先輩はすぐ近くにある別の神社で勇者の力に目覚めて、巫女の人に言われて私を助けに来てくれたらしくて——」

「うぅ……いい話ですね……」

杏の話を聞きながら、ひなたが目に涙を浮かべていた。

「え、ちょ、ひなたさん⁉　泣くほどの話じゃないですよ⁉」

「いいえ、そんなことはありません。泣ける話としてネットで公開、もしくは書籍化したいくらいです……！」

ひなたは涙を拭いながら言う。

「あはは……」

ひなたさんはちょっと不思議な人だ——杏はそう思った。

「ぐずっ……つまり杏さんにとって、球子さんは自分を助け出してくれる王子様だったわけですね」

「はい。私にはない強さと凛々しさを持ち合わせた人で……学年だとかクラスだとか、そういうものに左右されない絆を与えてくれる人です」

　杏は球子のことを語る時、自分のことのように誇らしくなる。

　そんな杏にひなたは優しい微笑みを向けた後、前を歩いている球子に少しからかい口調で言う。

「──と、杏さんは球子さんのことをこんなふうに思っているわけですが、球子さんはどう思っているのでしょう？」

「！」

　球子は顔を真っ赤にして立ち止まる。

　杏とひなたは、球子のすぐ後ろで話していたのだから、もちろん今までの会話が彼女に聞こえていないはずがない。

「あー！　恥ずかしいから聞こえないフリしてたのにっ！　すぐ真後ろで褒め殺しにされたり王子様とか言われたり、どんな拷問だーっ⁉」

　うがー！　と暴れる球子を、若葉と友奈が二人がかりで羽交い締めにする。

「落ち着け！」

「そうだよ、落ち着いて、タマちゃん」

「むぐぐ……」

　二人に押さえつけられ、静まる球子。

「それで、どう思ってるのかな？」

　興味津々といった顔で尋ねる友奈。

「友奈っ！　お前はー！」

　とはいえ、球子も本気で怒っているわけではない。ただの照れ隠しだ。

　球子は羽交い締めする友奈と若葉を振り払い、杏を抱きしめる。

「あんずはこ～んなにかわいいんだ。タマが守ってやらないとって思うだろっ！」


　バーテックスとの戦いがない時の勇者たちには、平和な日常があった。

　しかし──

　いざ戦いが始まれば、彼らは人類を守る楯となり、矛となる。

　バーテックスの四国への侵攻が再び起こったのは、

その日の午後のことだった。

巨大な植物に覆われた丸亀城の城郭に、武器を装備した勇者たちは立っていた。

壁のある方向から、バーテックスの群れが近づいて来ているのが、小さく見える。

若葉はスマホのマップを見て、侵入してきた数を確認した。今回は一〇〇体強といったところか。

「……ん?」

マップに表示されたバーテックスのマークの中で、一体だけ動きが他と違う者がいた。他のバーテックスよりも、圧倒的にスピードが速い。群れから突出して、若葉たちの方へ向かって来ている。

「なんだこいつは?」

若葉はバーテックスの群れの方へ目を向ける。

植物組織に覆われた四国の地を、凄まじい速さで駆けていく『何か』が見えた。人間の胴から下だけを残したような姿。細い足で二足歩行をして突進してきていた。

その速度は、他のバーテックスの比ではない。地を這う巨大植物の根や、わずかに残っている建物なども身軽に飛び越え、突き進んでいく。

「へ……変態さん!?」

謎のバーテックスの不気味な動きに、友奈は顔を引きつらせる。

「進化体か」

若葉は眉間にしわを寄せ、二足歩行を見据えた。

これまでと違い、バーテックスは初めから進化体を形成して侵入して来たのだろう。

「……あれは食えんな」

「いや、食べれるかどうかとか考えないでください！」

ぼそりとつぶやいた若葉に、杏が速攻でツッコミを入れる。

その時、球子が意味深な笑みを浮かべた。

「ふっふっふ……」

「どうしたの、タマちゃん?」

怪訝そうな顔をする友奈に、球子は得意気に答える。

「今回は秘密兵器を持ってきたのだ。——タマだけに、うどんタマだあああっ！」

そう言って彼女が掲げたものは、『最高級！ 打ち

たて！』と書かれた袋に入ったうどん玉だった。

「それを……どうするつもり……？」

訝しむ千景に、球子は二足歩行バーテックスをビシっと指差して言う。

「大社の人が言うには、バーテックスには知性があるんだろ？　そしてあの、人の下半身みたいな姿……奴はもしかしたら人間に近いのかもしれないっ！」

「そっか！　だったら、うどんに反応して隙ができるかも！」

「その通りだ、友奈！　この最高級讃岐うどんを前にして、人なら冷静ではいられないっ！　てやあああ、文字通り食らえ～～～っ！」

球子は大きく腕を振りかぶり、突進していく進化体バーテックスへ向かって、袋入りのうどん玉を投げた。

うどん玉は狙い通り、進化体の進路方向上に落ちる。

しかし――

二足歩行バーテックスは、うどん玉に目もくれず、速度を緩めることさえなく、通り過ぎていった。


「「「「！！！？」」」」

勇者たち全員に戦慄が走る。

「うどんに……何の反応も示さないだと……!?」

若葉は驚愕と怒りで手が震えている。

「釜揚げじゃなかったからかよっ!?」

「ううん、タマちゃん……釜揚げじゃなかったとしても……最高級うどんを無視するなんて……!!」

友奈が悲しみに顔を俯けながら、絞り出すような声で叫ぶ。

球子も、杏も、千景も、同じ思いだった。

彼女たちは、その時はっきりと確信する。

バーテックスには人間性など欠片もない。奴らは人とはあまりにもかけ離れた存在だ。分かり合うことなど、きっとできない。

「……後で絶対に回収してやるからな」

球子はそうつぶやき、投げたうどん玉を見る。袋に入れていたおかげで、まだ中身は無事のようだった。

勇者たちは皆、怒りと悲しみを抱えて、武器を構える。

「最高級うどんの仇！　あいつはタマが倒す！」

うどん
最高級
打ちたて
!!!!!?

まず球子が、真っ先に二足歩行バーテックスに向かって突っ込んでいった。

「てやあああ！」

球子が旋刃盤を投げる。しかし、二足歩行はあっさりとそれを避けた。

「くっ！」

二度、三度と旋刃盤を投げるが、すべて避けられてしまう。

「当たらない！　なんだよこいつ、すばしっこすぎるっ」

今まで出現したバーテックスとは性質がまるで違う。バーテックスは巨大で頑丈な身体を持つが、動きは鈍重で、攻撃すること自体は簡単だった。だが、この二足歩行はそもそも攻撃が当たらない。

「タマっち先輩！　援護するよ！」

杏が横からクロスボウの矢を連射した。二足歩行はその矢をやはり簡単に避けた後、杏に狙いを定めて接近していく。

「……！」

杏のクロスボウは遠距離から攻撃できることが利点だが、接近戦には向いていない。焦って矢を次々に放つが、まったく当たらない。

二足歩行は飛び蹴りのような体勢で、杏に突撃する
――

「あんずに、触れるなぁっ!!」

二足歩行と杏の間に入り、球子が旋刃盤を楯形状に展開した。飛び蹴りは楯で防がれたが、勢いを殺すことはできず、球子と杏は楯と一緒に吹っ飛ばされる。

「うあっ!?」「きゃあ！」

二人は地面に叩きつけられた。球子が杏をかばうように下敷きになり、ダメージは球子が一人で受ける。

「タマっち先輩!?」

「うぅ……いってえ……っ！」

球子は左肩を右手で押さえ、顔をしかめる。

「肩が……！」

杏が球子の肩を見る。左肩の鎖骨の辺りが目に見て分かるほど隆起している。脱臼か、あるいは骨折したのかもしれない。

勇者の装束は防御力を上げるが、ダメージを完全に

なくせるわけではないのだ。

「なんで……」

杏は自分が情けなくなる。自分をかばったりしなければ、球子がこんな傷を負うことはきっとなかった。

勇者の戦力として、杏よりも球子の方がずっと優れている。杏が怪我をして、球子が無傷だった方が良かったのだ。

球子は苦痛に顔を歪めながらも、笑みを浮かべて言う。

「いいんだよ……タマが自分で守りたいから、そうしただけだ」

杏を守ること――それは、球子が彼女に出会った日に決めたことだ。

物心ついた時から、球子はガサツな子だと言われてきた。

気が強く、運動神経も良かったので、男子にだってケンカで負けたことがない。

毎日ケンカをしたり、外で危ない遊びをしたりして帰ってくるので、親に心配をかけてばかりだった。

「どうしてこの子は、もっと女の子らしくしないの……」

母親はいつも困ったような表情を浮かべていた。

『女の子らしい』とはどういうことなのか、球子にはよく分からない。

けれど、球子が『女の子らし』かったら、きっと親にこんな困った顔をさせずに済むのだろう。

(でも……仕方ないじゃん)

球子は球子だ。

気が強くて、ガサツで、ケンカっ早い。その性質は直そうとしてもできなかった。

だから――

勇者としての力に目覚めた時、自分にぴったりだと思った。敵に怯えることはなく、戦うことに迷いもなかった。戦う役割なんて、ガサツな自分らしいじゃないか。

化け物をガンガン倒せば、女の子らしくなくても、みんなは喜んでくれる。母親に困った顔をさせることもない。

だから、巫女の言葉に従って伊予島杏を助けに行っ

た時、球子は彼女が自分とあまりに違っていることに少し驚いたのだ。

杏はバーテックスに怯えて座り込んでいるだけで、戦う意志がまったくない。

（なんだよ、それでも勇者かよ……）

と思ったが、とにかく助けなければならない。球子は自分の専用武器である楯を使い、バーテックスたちを倒していった。

そして恐怖で腰を抜かしている杏に手を貸した。彼女は身長こそ球子よりも高いが、その体は白く弱々しく、まるでガラス細工のようだった。

（こんな繊細さで、戦えるのか……？）

そう思っていると、杏は球子の手を見てつぶやく。

「怪我を……」

言われて、球子は自分の手の怪我に気づいた。これまでの戦いの中で傷つけてしまっていたようだ。

「あー、このくらい、なんてことないって！　かすり傷、かすり傷！」

球子が笑いながら言うと、杏は首を横に振る。

「ダメです。かすり傷だって、そこから雑菌が入ったら、病気になることだってあるんですから……」

杏は避難用に持ってきていたバッグからミネラルウォーターのペットボトルを取り出し、ハンカチに染み込ませて球子の手の傷を洗う。

「後でちゃんと消毒しましょう」

そう言って、杏は傷ついた球子の手を包み込むように握った。

「助けてくれて……ありがとう……」

球子は杏を見つめる。

弱くて、怖がりで、戦うことなんてまったく向いていない少女。

けれど彼女は、優しくて人を思いやる心を持っている。

（あー、無理だなぁ）

球子は苦笑してしまう。

きっとこういう少女を『女の子らしい』と言うのだろう。

しかし、これは自分とはまったく違う存在だ。球子がどんなに頑張っても、きっと杏のようにはなれない。

だったら――

（だったら、何があってもタマがこいつを守る）

自分がなれないなら、せめて憧れさえ抱くこの少女を守ろうと思う。

代替行為に過ぎないけれど、球子はあの時、そう誓ったのだ。


そして今――

球子は肩の痛みに耐えながら、なんとか立ち上がる。痛めたのが左で良かった。右肩が無事なら、まだ戦うことができる。杏を守ることができる。

球子は杏の前に立ち、旋刃盤を握りしめる。

「無理しないで……！」

杏が泣きそうな顔で言う。

球子は杏に、そんな顔をさせたくはないのに。

「大丈夫だっての。あんな変態二本足なんかに、このタマが負けるわけないだろ……」

苦痛を押し殺して強気に言いながら、球子は二足歩行の姿を探す。

二足歩行バーテックスに、若葉が一人で立ち向かっていた。敵がすぐさま球子たちへ追撃に来なかったのは、若葉が食い止めていたからだ。

若葉は刀を振るいながら球子たちに叫ぶ。

「負傷したなら下がっていろ！」

「大したことない、まだ戦えるっ！」

球子が叫び返す。

彼女の返事に、若葉は無言で頷いた。

二足歩行に対し、若葉が刀を振るう。凄まじい速度で鞘から抜き放たれる白刃は、しかし二足歩行バーテックスにかすり傷を負わせることしかできない。ぎりぎりのところで決定打を負わないよう、素早く避けられているのだ。

逆に若葉も、鍛え抜かれた反射神経と身のこなしで、二足歩行からの攻撃を一切受けない。

硬直状態に陥っている中、突如、敵はあらぬ方向へ向かって走り出した。

「何？」

呆気に取られ、若葉はその場に足踏みする。

二足歩行の意図にいち早く気づいたのは、杏だった。

杏はスマホを取り出し、マップを表示する。

バーテックスを示す光点の中で、一つだけ他よりも

圧倒的な速度で移動する光点がある。それが向かっている先は——

「あの進化体、神樹様を狙ってる！」

神樹は現在の四国を支えるすべての基盤だ。もし神樹に何かあれば、四国という箱舟が崩壊する可能性だってある。

慌てて若葉が二足歩行を追うが、近接戦闘に特化した刀では、素早い敵を追いかけて攻撃するのは不利だ。

こういう場合は飛び道具の方が適している。

「だったら、タマの出番だな。杏はここで待ってろ」

「え……」

「あんな奴、すぐに倒してきてやるから！」

球子は杏に言い置いて、二足歩行バーテックスを追い始める。地面を踏むごとに左肩に激痛が走るが、勇者装束による保護のおかげか、走ることができないほどの痛みではない。

「若葉！　あいつはタマに任せろっ！」

若葉にそう叫びつつ、球子は二足歩行へ旋刃盤を放つタイミングを考える。考えなしに攻撃しても、また避けられてしまうだろう。

「タマっち先輩！　旋刃盤を力いっぱい投げて！」

その時、背後から杏の声が響いた。

振り返ると、杏が球子の後ろについて来ている。

待ってろって言ったじゃないか——と球子が口にする前に、杏が叫ぶ。

「大丈夫……タマっち先輩の武器、あいつに当たるから！」

何かの確信に満ちた口調で、杏が言う。

「……りょーかいっ！」

考える前に杏を信じ、球子は旋刃盤を全力で投げる。

「てやあああっ！」「ここだ——っ！」

同時に、杏がクロスボウから矢を放った。

旋刃盤と金色の矢が二足歩行に迫る——が、敵はそれらをも難なく回避してしまう。

しかし、杏が狙ったものは二足歩行ではなかった。

杏の矢は機械のような精密さで、球子の旋刃盤に繋がっているワイヤーを射抜く。ワイヤーを歪められたために旋刃盤は軌道を変え、再び二足歩行に襲いかかった。

「タマっち先輩、旋刃盤を楯状に！」

「──分かった！」

軌道変更に加え、楯状にすることによる攻撃面積の増加。二足歩行は避けきれず、旋刃盤の直撃を喰らう。

致命傷ではないが、ダメージを受けて二足歩行の動きが止まった。

「あんず、でかした！」

「うん……私も、守られてるだけじゃないから……！」

杏の言葉に、球子は思わず口元に笑みを浮かべてしまった。

「よし、一気に攻めるぞっ！」

「うん！」

動きが鈍った二足歩行に、杏が追い打ちで矢を連射し、さらに球子も素早く旋刃盤を回収して投擲《てき》する──

二人からの連撃を受け、進化体バーテックスは奇妙な鳴き声と共に消滅した。

杏と球子が進化体バーテックスを倒している間に、若葉と友奈と千景が他のバーテックスを全滅させ、戦いは勇者たちの勝利に終わった。

勇者側の被害は、土居球子の左肩の脱臼。その他はかすり傷などの軽傷だけだった。

翌日、球子は左腕をアームホルダーで固定されていた。骨折ではなかったので、治療期間はそれほど長くかからないが、しばらく左腕は使えない。

昼休みの食堂で、球子は動かしづらい左腕に不満の声をあげた。

「窮屈すぎてタマらん……もうこれ、取っちまいたいっ！」

「ダメ！　怪我が長引いちゃうよ！」

球子を叱りながら、杏は彼女にうどんを食べさせている。

ちなみに今球子が食べているのは、昨日の戦いの中で球子が投げた最高級讃岐うどんだ。戦いの後、うどん玉は無事に回収され、釜揚げうどんにされていた。

「こんなうまいうどんに興味も示さないなんて、バーテックスに知性があるってのは嘘なんじゃないかな……というかあんず、右腕は動くんだから、わざわざ

食べさせてくれなくてもいいんだぞ」

「片手だけじゃ食べにくいでしょ？」

「そうでもないけど……」

　球子はため息をつきながらも、杏からうどんを食べさせてもらっている。

　そんな二人の姿を、他のみんなは微笑ましげに見ていた。


（5話完）

乃木若葉は勇者である

Nogi Wakaba
wa YUSHA
de aru

乃木若葉は
勇者である

Nogi Wakaba
wa YUSHA
de aru

大赦書史部・巫女様
検閲済

休暇をもらえたのは、嬉しいです。

読みたい本がいっぱいあったので。

ただ今後、

特定の[redacted]が[redacted]される可能性が出てきたとのこと。

ただただ、悲しいです。

勇者御記　二〇一九年一月

伊予島杏記

第六話 ―禍根―

vol.6
Planning and configuration by Takahiro
Writing by Akashiro Aoi
illustration by Bunbun
Vertex Design by D.K&JW WORKS
Supervision by Project 2H

「ふぅ〜……身に染みるな」

夜空の下、若葉は露天風呂の湯に浸かりながら、シミジミとつぶやいた。

同じく露天風呂に浸かっているひなたが苦笑する。

「若葉ちゃん、おじいさんみたいですよ」

「うむぅ……これも温泉の魔力というものだ……。瀬戸のぉ〜波音ぉ〜、この身を包みぃ〜、心にぃ〜刃ぁ〜抱きつつぅ〜ぅ♪」

若葉の上機嫌な歌声が湯気の中に響く。露天風呂を満喫する幼なじみの姿を、ひなたは微笑ましげに見守っていた。

年が明け、今は一月初旬。

若葉たちは高松市の温泉に来ていた。

高松市は香川一の都会であると同時に、四国有数の温泉地でもある。内陸部の山地には江戸時代から湯治場として利用されてきた塩江温泉郷があり、瀬戸内海沿岸や市街地にも天然温泉が湧く。

バーテックスとの戦いも幾度目かを終えた頃、巫女の神託により、襲撃がしばらく起こらないことが告げられた。そのため若葉たち勇者は休養として、貸し切りの温泉旅館で過ごすことが許可されたのだ。もちろん、ひなたも勇者付き添いの巫女として同行している。

普段とは別人のような緩んだ顔で若葉が湯に浸かっていると、露天風呂の戸が勢いよく開けられた。球子を先頭に、友奈、杏、千景が姿を現す。

「あ、やっぱり先に入ってやがったなっ！　タマが一番風呂になろうと思ったのにっ！」

指差してくる球子に、若葉は湯に浸かったまま答える。

「球子がぁ、『旅館探検だー』などと言ってぇ、館内をうろつき回っていたのがぁ、悪いんだろう？」

「うわ、溶けかけの飴みたいに緩い顔しやがって。よし、一番風呂は逃したが、三番目はタマのものだーっ！」

「タマっち先輩、走っちゃダメだよ！」

止めようとする杏の声も聞かず、球子が飛び込むようにして温泉に入る。

「はぁ〜……」

杏はため息をついた。

その後、友奈、千景、杏も、球子に続いて温泉に浸かる。

学校のいつもの六人で、温泉旅館に泊まる――人数は少ないが、ちょっとした修学旅行気分だ。

球子はひなたの前に行き、手をワキワキさせながら言う。

「よ～し、じゃあ定番の身体チェックと行こうか。さぁさぁタマに見せてみタマえ、春の身体測定以降、持たざる者を置き去りにして、お前の体がどれだけ遥かな高みへと成長しているのかっ!?」

「あ、あの、球子さん、何を……？」

身の危険を感じ、後退《あとずさ》るひなた。

若葉と杏が、ひなたを守るように球子の前に立ちふさがった。

「球子、お前の行動は読めている！　ひなたには触れさせん」

「タマっち先輩、温泉は人の体を調べる場所じゃないんだよ！」

むっ、と怯む球子。

だが次の瞬間、彼女の目はむしろ杏の身体に焦点を合わせた。

「あんず……よく見たら、お前も成長してないか？」

「え？」

「許せーんっ！」

球子は杏に飛びかかり、体中をくまなく触って調べ始める。

騒いでいる球子たちを、友奈は困ったような苦笑するような顔で見ている。そして、ふと思いついたようにその場にいる全員へ尋ねた。

「そういえばみんな、お医者さんの検査で、おかしなところとかはなかった？」

「おかしなところ……？」

千景が怪訝そうな顔をする。

「うん。私たちって、戦いの度に検査されてるから、みんな大丈夫かなって思って。私は一目連の力を使った後、疲労が溜まってるって言われただけで、後は健康そのものらしいけど」

勇者たちは医療機関で、定期的に身体状態を調べられている。特にバーテックスの襲来が始まって以降、戦いの度に綿密な検査が行われていた。勇者の力を使うことが人体にどんな影響を及ぼすのか、まだ不明瞭

な部分が多すぎるためだ。

　球子は杏への攻撃をやめて、得意気に言う。

「タマは完全な健康体だぞっ！　この前の脱臼だって、すごく早く治って感心されたくらいさ」

「はぁ、はぁ……わ、私も、異常なしだそうです。昔は季節の変わり目などによく体調を崩してましたけど、最近はそういうこともないですし……神樹様の加護のお陰かもしれません」

　球子からやっと解放された杏は、呼吸を整えながら答えた。

「私も健康そのものだ。戦いの時も掠り傷以上のものは負ってないしな」

「そうですね、もし若葉ちゃんの体に少しでも異常があれば、私が気づかないはずがありません」

　若葉の言葉を受け、ひなたが断言する。

「そっか、よかった。ぐんちゃんは？」

　今のところ、神樹から呼び出した精霊の力を使ったのは、友奈と千景だけだ。そのため二人は、特に身体への影響を入念に調べられていた。

「私も……大丈夫。問題ないって……。たくさんバーテックスを殺さないといけないんだから……怪我や病気なんて、してられない」

　千景は小声ながらも、強い意志のこもった口調で言う。

　——彼女は変わった、と若葉は思う。

　以前の千景は、決して勇者としての活動に乗り気ではなかった。『なぜ自分が危険を冒して戦わなければならないのか』と、不満を抱えているように見えた。

　それが変わったのは、いつ頃からだろうか。

（確か……バーテックスの二度目の襲撃があった頃）

　あの前後で何が起こって千景の意識が変化したのか、若葉は知らない。

　しかしとにかく、今の千景は勇者としての自覚を強く持ち、訓練にも戦いにも積極的だ。

　たとえば——そのことを明確に示す出来事が一つ。

　今年の元旦のことだ。勇者がバーテックスとどのように戦うかを、一般の人々に披露するという催し事が行われた。藁の束や看板などをバーテックスに見立て、戦装束を纏った勇者たちが武器を振るってそれらを破壊していく、一種の演武である。

この演武を見るために、四国各地から大勢の人々が集まった。ただのお祭りイベントだが、勇者を神聖視する四国の人々にとっては、意識昂揚のために大きな効果があるようだ。勇者という存在を、滅亡に瀕した人類にとっての希望にする――大社の目的は充分に達成できていた。

演武を行ったのは若葉と球子と千景。友奈と杏は、大勢の見物客の前に立つのが気恥ずかしいらしく、辞退した。

球子は物怖じしない性格だし、目立ちたがりなところがあるから、このイベントに乗り気になるのは当然だった。若葉が意外に思ったのは、千景の参加である。

かつての千景であれば、こんなショーはきっと辞退していただろう。参加したのは、彼女の中で起こった意識の変化ゆえだ。

演武で最も注目を浴びたのは若葉だった。若葉はリーダーとして勇者たちの宣伝の先頭に立っていたため知名度が高いし、何よりも演武という形式が彼女に合っていた。若葉の戦闘スタイルの基礎である居合道は、演武を中心として鍛錬を行う。仮想敵との戦いを最も美しく見せられるのは若葉なのだ。

演武の様子はテレビのニュースでも放送された。映されたのは若葉の姿ばかりで、球子などは「若葉ばっかり目立ってズルいぞっ！」と唇を尖らせたが、千景はわずかに映った自分の演武と若葉の演武を、静かに見比べていた。自分と若葉がどう違うのかを確かめるように。

（私たちの中で、勇者としての自覚が最も強いのは、千景かもしれないな……）

若葉は温泉に浸かってそんなことを考えながら、千景を見つめる。すると視線に気づいたのか、彼女は訝しげに目を細めた。

「何……？　ジッと見て……」

「……千景は勇者だな、と思っていたんだ」

悪気なく言ったつもりだったが、何かが癪に障ったのか千景はムッと眉をひそめた。

「当然よ……あなたもそうでしょう……？」

さて翻って自分のことを考えると、どうだろうか。

もちろん若葉は、勇者としての自覚を強く持っている。

しかし――

千景ほどには、自分の置かれている立場に適応できていない気がしていた。

「はぁ、満腹ー」

　部屋に戻って夕食を食べた後、球子はゴロリと畳の床に寝そべった。

「食べてすぐ寝ると牛になるよ、タマっち先輩」

「むしろそれが狙いだっ！　タマは牛のようにデカく強くなるんだ、宇和島の闘牛のように！」

「そういう牛にはなれないと思う……」

　杏のツッコミも、球子はまったく聞いていない。

「ご飯、すごく豪華だったね。値段を想像すると怖いけど」

　友奈の言う通り、旅館が用意した食事は、彼女たちが食べたこともないような珍味や高級食材を惜しげなく使っていた。

　何か思うところがあるのか、ひなたは思案顔を浮かべる。

「やはり、勇者への特別待遇なのでしょうね……。丸亀城にも、四国各地から『勇者様へ』と様々なものが贈られて来ています。食べ物もですし、高級工芸品なども……」

「そうだな。初めは何かの宣伝目的の贈答品かと思ったが……違う」

　恐らく勇者への純粋な感謝として物を贈っているのだろう――と若葉は思う。事実、勇者たちへ贈り物をしてくるのは、個人だったり宣伝などしても意味がない団体も多い。

「というか、温泉旅館が完全貸し切りってのも、破格の待遇だしな」

　球子の言葉に、杏が困ったような笑顔を見せる。

「こんなすごい扱いをされると、なんだか偉い政治家さんか、有名芸能人みたい」

「むしろ当然の待遇だわ……私たちは政治家や芸能人なんかには、到底できないことを……やってるんだから」

　千景は淡々としている。

　しかし、若葉もまだこの状況に慣れていない。

　彼女が勇者として戦う理由は、命を奪われ、傷つけられた人々の怒りと悲しみに報いるためだ。人類が受けた痛みを、必ずやバーテックスどもに返すために刀を振るっている。

何事にも報いを――それが乃木の生き様だ。

だから周囲から持ち上げられることを望んだわけではないし、想定してもいなかった。今の状況には、少しだけ座りの悪さがある。

「さて、温泉も入ったし、ご飯も食べたし……でも、寝るにはまだ早いな。ゲームでもやるか？」

寝転がっていた球子が起き上がる。

「ゲームですか……こんなこともあろうかと、将棋盤を持ってきました」

ひなたがバッグから、玩具ショップに売ってある持ち運びタイプの小型将棋を取り出す。

「ヒナちゃん、渋いね！　私は王道だけど、トランプ持ってきたよ」

友奈がバッグから取り出したのは、トランプの束だ。

「ゲームなら……そこにあるわ……」

そう言って千景は部屋に置かれたテレビの方を指差す。テレビ台の下に、ゲームソフトと最新の据え置きゲームハードが仕舞われていた。


「他にも、人狼だったら紙とペンとスマホのアプリがあればできますね」

と言う杏。

「よし、だったら全部やるっ！　そしてタマが全部勝つっ！」

球子は全部勝てなかった。

正確に言えば、勝っていたのは千景だけだった。千景無双だった。

ＴＶゲームを始め、将棋、トランプ、人狼――あらゆるゲームで、誰も彼女に敵わない。

「ぐんちゃん、すごい！」

千景を尊敬の目で見つめる友奈。千景は無表情だが、ほんの少しだけ、嬉しそうに口元が緩んでいた。

一方、千景に負けまくった球子と杏は自信を喪失し、部屋の隅で体育座りをしている。

しかし、その状況にもやがて変化が起こった。

ゲームをあまりやらない若葉は、初めは勝負の駆け引きに慣れず戸惑ってばかりいたが、次第にコツを掴み、千景と互角に戦うようになっていた。

今はトランプの『スピード』で勝負をしているところだが、若葉と千景の頂上決戦である。ちなみに他の四人はまったく勝負にならず、球子と杏はやはり自信喪失して体育座りになっていた。

『スピード』は、札を出す速さを競うゲームだ。無数のアクションゲームやシューティングゲームをやり込んできた、卓越した動体視力と状況判断力を持つ千景。対して、武術によって鍛え上げられた、凄まじい反射神経と集中力を持つ若葉。

三回勝負で、現在どちらも一勝一敗。

若葉と千景が対峙する。

「……負けない、絶対……あなたには……」

千景は小さくつぶやく。

それはただ相手への戦意の表れに過ぎないはずだが、若葉には何かそれ以上の──意味があるように思えた。

だが、今までのゲームで、若葉は千景の動きを把握している。

恐らく、次の勝負は勝つ。

二人の手が動き、目にも留まらぬ速さで次々に札を出していく。

わずかに若葉の札の方が速く減っている。この勝負、若葉の勝利──

「うひゃあぁぁ⁉」

突然奇声をあげ、若葉は持っていた手札をバラ撒いた。

ひなたが若葉の耳を後ろから甘噛みしていた。

「な、何をする、ひなたぁ⁉」

若葉がひなたに抗議している間に、千景は札を出し終わってしまった。

「勝者、ぐんちゃん！」

友奈が千景の手を上げる。

ひなたは若葉を叱るように、

「ダメですよ、若葉ちゃん。ゲームなんだから、そんな怖い顔しないで、もっと楽しんでやらないと」

「だ、だからと言って……く、くすぐったいだろう……！」

若葉は顔を赤くしながら、ひなたを警戒して身構える。

「ふふふ、若葉ちゃんの弱点はすべて把握済みですからね」

「何、若葉の弱点だとっ？」

「まさか若葉さん、くすぐったがりなんですか!?」

　体育座りしていた球子と杏が、突如、目を光らせて立ち上がる。今こそ復讐のチャンスだとばかりに。

「行くぞ、杏っ！　同時攻撃だっ！」

「任せて！」

　球子と杏が左右から若葉に組み付き、脇をくすぐり始める。

「思いっきりくすぐってやれっ！」

「うん！　こちょこちょこちょこちょ……」

「…………」

　若葉は平然としていた。

「……思いっきりくすぐってやれっ！」

「……うん！　こちょこちょこちょこちょ……」

「……………」

　若葉はやはり平然としていた。

「あれぇ!?」

　まったくくすぐりが効かず、球子と杏が目を丸くする。

「ふ、ふ、ふ、ふ、ふ……」

　若葉は球子と杏を見下ろす。その顔は笑顔だった。が、眉が逆立っていた。

　球子と杏は顔を引きつらせる。直ちに、今すぐに、可及的速やかに、若葉のそばから逃げねば危険だ。しかし蛇に睨まれた蛙のように体が動かない。

「球子、杏……二人とも、覚悟はひゃううぅ！」

　次の瞬間、若葉は声をあげて顔を赤らめ、座り込んでしまった。後ろからひなたが、彼女の耳に息を吹きかけたのだ。

「若葉ちゃんの弱点は、ここですよ。耳が弱いんです」

　ひなたが若葉の耳を再び甘噛みすると、彼女はまたも「ひあぁぁ……」と声をあげて、クラゲのようにくたりと床に突っ伏してしまった。

　そんな二人のやり取りを前に、球子と杏は呆然としていた。

　ひなたはすっかり動けなくなった若葉の耳から唇を離し、

「さて、今までみたいなゲームだと、千景さんと若葉

ちゃんの独壇場になっちゃいますね。それでは面白くありません。ですから、別のゲームをしましょう」

「別のゲーム？」

友奈がきょとんとしてひなたを見る。

「そうです。最近、若者たちの間で大ブレイクしている、『勇者ゲーム』というものがあるんです」


勇者ゲーム――

内部に綿や羽毛などを詰めた白い布袋をバーテックスに見立て、それに立ち向かう参加プレイヤーの姿を勇者に見立てたゲームである。

プレイヤーはお互いに布袋バーテックスを投げ合って戦う。

投げられた布袋バーテックスは、避けるも良し、手で叩き落とすも良し、掴んで投げ返すも良し。

すなわち、それは――

「ただの枕投げじゃないかっ！」

白い布袋《まくら》が飛び交う中、球子が声をあげた。

今、若葉たちは旅館の一番広い宴会場で、二チームに別れて枕投げをしている。若葉・球子・千景チームVSひなた・杏・友奈チームだ。両チームとも、自軍の陣地に大きなちゃぶ台を立て、その陰に隠れながら枕を投げる。

「内容が同じでも、名前を変えただけで商品が大ヒットした例は、世の中にたくさんあるからな」

「どこかのお偉いさんが……経済効果のために、新たなブームを……創り出そうとしてるのかも……」

冷静に判断しつつ、若葉と千景が枕を投げる。

「納得いかねえ……」

不満そうに言いながら、球子も敵陣地へ枕を投げる。

両チームとも枕は旅館中から集めてきたので、弾切れが起こることはない。

「だがこのままでは、いつまで経っても硬直状態だ。私が直接、切り込む」

敵陣地を睨みながら、若葉が言う。

両チームの陣地の後方には、神樹を意味する旗が立ててある。その旗を取られたチームは敗北となる。

「この弾幕の中で、お前だけで行く気かよっ、若葉!?」

「飛んでくるのはしょせん枕だ。強行突破は――でき

る！」

　球子と千景にそう言い置き、若葉はちゃぶ台から飛び出した。

「若葉ちゃんが突撃して来たよ！」

　友奈の言葉に、ひなたが頷く。

「あの子らしい行動ですね。ここからが正念場です！」

　ひなたチームも自陣を守るため、全力で枕を投げ続ける。


　若葉は飛んで来る枕を、あるいは避け、あるいは手で払い落としながら、敵陣地へ近づいていく。もし当たっても少し痛いだけだ。大した問題はない。

　ジリジリと敵陣地へ近づいていき、残り数メートルという距離に来たところで、若葉は一気に駆け出す。敵陣を守るちゃぶ台を足場にジャンプし、ひなたたちの頭上を飛び越え、旗へと手を伸ばす――

「「「取った！」」」

　若葉の声に、なぜか他にも二つの声が重なった。

　驚いて若葉が周囲を見ると、敵陣地に飛び込んで来ていたのは彼女だけではなく、球子と千景もだった。

「なぜお前たちまでここに来ている!?」

「若葉だけに活躍させてタマるかーっ！　旗を取るのは、このタマだ！」

「いいえ……私よ……！」

　旗や敵メンバーの目の前であることも忘れ、言い争う若葉・球子・千景。

　直後、若葉が気づく――敵チームの陣地内に杏がいない。

「!?　杏はどこに……」

　若葉が周りを見回した瞬間、

「旗、取りました！」

　自チームの陣地の方向から、杏の声が響いた。

　驚いて若葉が振り返ると、いつの間にか若葉チームの陣地に入っていた杏が、旗を取っていた。

　ひなたがにっこりと笑う。

「若葉ちゃんたちが全員でこちらへ攻め込んできたので、その隙に杏さんが動いていたんです」

　呆然としている若葉たちに、取った旗を振る杏。

「兵法書『三十六計』より、暗渡陳倉《あんとちんそう》と金蝉脱殻《きんせんだっこく》を参考にしました」

作戦を考えたのは杏だったようだ。

その後、遊び疲れたせいか、みんな部屋に戻るとすぐに眠ってしまった。

若葉は寝付けず、電気もつけず窓の前に立って、夜に沈む町を見下ろしていた。

さすがに都会な高松市だけあって、深夜になっても町の灯は消えない。

この光の一つ一つが、わずかに生き残った命の営みそのもの。

町の向こうには、夜闇に沈んで黒く染まった海が広がっている。そして海の先には、四国を守る『壁』がシルエットになって見える。

四国が本土と断絶してから三年と数ヶ月。

壁の向こうはどうなっているだろうか。

連絡が途絶えた諏訪は——どうなっているだろうか。

白鳥は——

「若葉ちゃん」

声を掛けられて振り向くと、ひなたが立っていた。

「すまない、起こしてしまったか?」

「いいえ、私も少し眠れなかったんです」

ひなたは窓際に置かれた椅子に腰掛ける。

「海を見ていたんですか?」

「ああ。丸亀城から離れても、この習慣は変えられないようだ」

三年前の日のことを忘れないように。

壁の向こうの世界を忘れないように。

若葉は少なくとも一日に一度は、瀬戸内海とその向こうの壁を眺める。

「……若葉ちゃんは」

「なんだ?」

「遠くばかりじゃなくて、もっと近くを……自分の周りの人のことを見てあげた方がいいのかもしれません」

「?　どういう意味だ?」

「今日も……」

ひなたの言葉は途中で止まり、その先は夜闇に溶けるように消えてしまう。部屋が暗いせいで、ひなたがどんな顔をしているのか、若葉には見えなかった。

「……いえ、これは若葉ちゃん自身が気づかないと、意味がないことですね」

そう言ってひなたは椅子から立ち上がり、再び布団に戻る。

「若葉ちゃんも早く寝てくださいね。夜更かしは体に毒ですよ」

若葉は――

その夜にひなたが言った言葉の意味を、間もなく知ることとなった。

「……多すぎる」

スマホに表示されたマップを見ながら、若葉は険しい表情を浮かべる。

バーテックスの襲撃が起こったのは、勇者たちが丸亀城に帰って半月ほどした頃だった。今回はマップに表示されるバーテックスの数が異常なほど多い。

「今までの十倍……？　ううん、もっといるかも」

友奈も敵を示す印で埋め尽くされたマップを見ながらつぶやいた。その声には緊張が混じっている。

過去のバーテックスの襲来では、四国へ侵入してきたのはせいぜい百体ほどだった。だが、今回の数は目算しただけでも千以上。

戦闘に慣れてきた今の勇者たちにとって、バーテックスの一体一体を倒すことは難しいことではない。しかしこれほどの数になれば、状況は変わってくる。数で押し切られれば、危うい――

（いや、リーダーである私が弱気を見せてどうする）

若葉は瀬戸内海の向こうから押し寄せてくる敵群を見据え、刀の柄を握る。

「私が先頭に立つ」

敵の数が十倍ならば、こちらも十倍――否、もっと多くを倒せばいいだけのことだ。

若葉は地面を蹴り、敵群へ向かって跳躍した。

「待ってください、若葉さ――」

背後で杏が制止の声をあげるが、既に若葉は動き出している。

まずは敵群へ向かう途中、すれ違いざまに刀を抜き放ち、数体を撃破。

丸亀城から一人だけ突出して来た若葉を、バーテックスたちが取り囲んでいく。

若葉が一人で飛び込んでいった後、他の勇者たちはすぐにバーテックスの動きの異常に気づいた。

「どういうことだよっ⁉　あいつら、タマたちの方へ来ないぞ！」

球子の言葉通り、バーテックスは若葉を取り囲んだまま、他の勇者たちの方へはまったく近づいて来ない。

人間を本能的に狙ってくるバーテックスは、これまで勇者たちを平等に『敵』と見なし、攻撃を仕掛けてきた。それは彼らの驕りもあったのかもしれない。人間よりも絶対的な強者である自分たちは、正面からの力押しで人間など殲滅できる、と。

しかし、バーテックスには知能がある。

負け戦が続き、彼らも戦術を使うようになったのだ。

杏は若葉を取り囲んでいく無数の敵たちを見ながら、

「バーテックスは、まず若葉さんを潰す気です……！」

そう叫んだ。

視界を埋め尽くすほど大量のバーテックスに包囲され、若葉は完全に他の勇者たちから孤立してしまった。

前後左右上方、あらゆる方向から白い異形たちは襲い掛かってくる。だが、そんな状況でも若葉は、怯むことも撤退を考えることもなかった。

（この程度では、揺るがない――）

多くの人々が、この化け物どもに殺された。罪なき者、幼き者、愛する者を持つ者、日々を懸命に生きる者、数えきれないほどの命が無意味に奪い取られたのだ。

あの日、若葉の脳裏に焼き付いた光景――

喰い千切られた無数の屍。蹂躙し尽くされた国土。失われた平和な日々。脱け殻のようになった人々。怒りと悲しみの嗚咽。

（報いを――必ず、奴らに受けさせる‼）

他の勇者たちも、状況をただ見ているだけではなかった。

すぐに四人は若葉を助けに向かおうとする。しかしそれより先に、敵に次の動きが起こった。

若葉を取り囲んでいたバーテックスの一部が別行動

を始め、神樹の方向へ向かい始めたのだ。

「厄介ね……」

　千景は状況を睨みながら、苛立つようにつぶやいた。

『一部』と言っても、そもそも侵入してきた数が多すぎるので、神樹へ向かうバーテックスは普段なら勇者全員で立ち向かう数だ。そして、神樹がバーテックスによって倒されでもしたら――四国は滅ぶ。

　勇者としては若葉を助けに行くことよりも、神樹を守ることを優先せざるを得ない。

「若葉ちゃん……」

　若葉と神樹――友奈は苦悩の表情を浮かべる。

　しかし、これは二択ではない。四国の人々すべての命を担う神樹を、守らないわけにはいかないのだ。

　若葉を除いた四人の勇者たちは、神樹へ進行していくバーテックスの群れの方へと向かう。

「若葉ーっ!!　こっちへ来いっ!!　一人で戦うな、五人でまとまってないとダメだっ!!」

　神樹の方向へ移動しながらも、球子が懸命に若葉へと叫ぶ。

　相変わらずバーテックスから集中攻撃を受けている若葉に、その声が届いたのかどうかは分からなかった。

　若葉を取り囲む敵の数は、あまりにも多い。身体能力が優れている上に、神樹の力を纏っているとはいえ、彼女の体力も無尽蔵ではない。ジリジリと追い込まれていく。

　疲れで集中力が切れた瞬間に、左右と上方から同時に三体、バーテックスが喰らいついてきた。

「はぁッ!」

　上方と左方の敵は一気に斬る。だが、右の一体を仕留め損ねた。咄嗟に身をかわそうとしたが、刀を振った右腕に食いつかれる。

「ぐっ……うぅぅぅ!」

　バーテックスの持つ歯に似た器官が、若葉の皮膚を破り、肉に食い込み、血管を千切った。脳に灼けるような激痛が走り、気を失いそうになる。

　だが、この痛みは――バーテックスに殺された人々の痛み。

　いや、蹂躙され、喰い割かれ、命を奪われた人々が受けた痛みは、この苦痛など比ではないはずだ。

「どれほどの痛みを、苦しみを！　貴様らは、罪なき人々に与え続けたああああ!?」

若葉は刀を左手に持ち替え、右腕に食いついていたバーテックスを両断する。そして怒りのままに、周囲にいた敵を次々に切り裂いていった。

鬼神のような戦いだった。瞳に憎悪と憤怒をたぎらせ、刀を振るう度に、右腕から流れ出た血の飛沫が空中に散る。

しかし、圧倒的な数による戦力差は、なお覆らない。

若葉は眼前から迫る敵群に集中し、背後から迫る白い巨体の気配に気づけず——

「若葉ちゃん！」

若葉を助けたのは、友奈だった。いつの間にか包囲網の中に入ってきていた友奈が、若葉の代わりにバーテックスの突撃を受ける。

「うあっ！」

友奈は吹っ飛ばされ、樹海の植物の茎に叩きつけられた。そしてすぐさま、大量のバーテックスが友奈に群がっていく。

「友奈！」

若葉は友奈に群がるバーテックスを斬り払い、彼女を抱えて跳躍し、敵群の中から助け出す。

「ありがと……若葉ちゃん」

友奈は弱々しい笑顔を浮かべるが、その体は既に多くの傷を負っていた。勇者の装束は各所が引き裂かれ、左腕と右脚は血に染まっている。先ほど受けたダメージだけでなく、この包囲網の中に入ってくるまでにも無数のバーテックスと戦ったのだろう。

「なぜ……ここに来た!?」

自分が一番に敵群の中心に入り、最も多くの敵を相手取る。それが若葉の戦い方だ。追従する者も共闘する者も必要とせず、最も大きな負担は自分だけで負うスタイル。しかし——

「……友達を放っておくなんて、やっぱりできないから……」

そう言いながら、友奈は傷ついた体で立ち上がる。

若葉は忘れていた——友奈という少女は、他人の苦しみを黙って見ていることなどできない人間だということを。

こうなったら、もう友奈だけを逃がすことはできない。若葉は刀を持ち、友奈と背を合わせて立つ。

「……友奈、必ず生き残れ」

「若葉ちゃんもね……。大丈夫……私たち勇者は、みんな強いんだから……！」

疲労と苦痛を押し殺し、友奈も拳を構えた。

満身創痍の勇者二人は、周囲の無数のバーテックスへ武器を振るう――


かつてないほど大規模なバーテックスの攻勢だった。

その戦いは、止まった時の中で行われたが、勇者たちの体感時間にして六時間以上に及んだ。

長い戦いの末、勇者たちはかろうじて、バーテックスの撃退に成功する。

しかし、勇者たち全員の負傷と疲弊はひどく――

特に友奈は、戦いが終わった後、すぐに大社管理下の病院へ搬送されることとなった。


樹海化が解け、友奈が丸亀城から病院へ運ばれていった後。

若葉の頬に千景の平手打ちが入った。

「乃木さん……どうしてあなた、あんな勝手なことを、したの……!?」

頬の熱を感じながら、若葉は千景の責めを無言で受ける。

「あなたが一人だけで勝手に戦おうとするから……高嶋さんが……！」

球子と杏は、何も言わず若葉たちを見守っていた。止めるべきかどうか迷っている――そして実際に止めに入ることができないのは、彼女たちも千景の言っていることに心のどこかで共感しているからだ。もし今、千景が怒鳴っていなかったら、球子が代わりに怒鳴っていたかもしれない。

「自分勝手に特攻して……高嶋さんを巻き込んで……！　せめて神樹の精霊の力を使って戦えば、高嶋さんの負担は減ったのに……あなたはそれもしなかった……！」

千景の言葉は事実で、だから若葉は何も言い返さない。

（すべて……私の判断ミスと思い上がりだ……）

自分一人で戦っているかのような突出と、怒りに任

せた暴走とも言える行動。それが友奈を危険に巻き込む結果になってしまった。

　精霊の力を使わなかったのは、あの戦い方は消耗が激しく、長期戦に向かないからだ。しかしその判断も、やはり『敵を一体でも多く倒す』ことしか考えていなかった。精霊の力を使っていれば、友奈の負担を減らす戦い方もあったかもしれない。

「あなたは……周りが何も見えていない……！　自分が、勇者のリーダーだってこと……もっと自覚すべきよ……!!」

　勇者の先頭に立つ人間として相応しいのか——かつて自分に向けた問いが、再び若葉の心に浮かぶ。

　冬の空は冷たく、勇者たちの頭上を覆っていた。


（6話完）

乃木若葉は勇者である

Nogi Wakaba
wa YUSHA
de aru

大赦書史部・巫女様
検閲済

私のせいだ。

共に戦う者を傷つけてしまった。

戦って勝ち続けているうちに、[illegible]してしまったのだろうか。

今の自分のままで良いのだと思い込んでいた……。

……ひなたが言っていた。

そもそも世界がこんな事態に陥ってしまったのは、

人類の[illegible]が原因だと。

神樹様がそう告げている、と。

私もその一人だと、いうことなのか……？

勇者御記　二〇一九年一月

乃木若葉記

第七話
―新芽―
vol.7
Planning and configuration by Takahiro
Writing by Akashiro Aoi
illustration by Bunbun
Vertex Design by D.K&JW WORKS
Supervision by Project 2H

目を開けると、視界に白い天井が広がっていた。

若葉は一瞬自分がどこにいるのか分からなくなった。

周囲を見回し、「ああ、ここは病院だった」と思い出す。

「目が覚めましたか、若葉ちゃん」

若葉が横たわっているベッドの隣に、ひなたが座っていた。

過去最大規模のバーテックスの侵攻の後、勇者たちは治療と身体検査のために入院することとなった。若葉も含めて全員が戦いで傷を負っていたし、勇者の力を長時間使った影響を調べる必要があったからだ。

若葉の体に外傷はあったが、長く後を引くような重いものはないらしい。ただし、筋肉や関節の各所が炎症を起こし、一部に疲労骨折も起こっていたため、しばらく運動は控えなければならないと言われた。外面的には大きな負傷はないが、体の中身はそうではないらしい。

中学生という年齢では、肉体は大人ほど出来上がっていないのだ。神樹の力で強化しているとはいえ、体の酷使は本来ならば良いことではない。

若葉はベッドから身を起こす。

「何か食べますか？」

ひなたは『勇者様へのお見舞い』として市民から贈られた果物の中から、りんごを手に取り、ナイフで皮を剥いていく。櫛形に切られたりんごに爪楊枝を挿して、若葉に差し出した。

りんごを二、三個食べさせてもらった後、若葉はベッドから下りる。

「友奈の様子を見に行かないと」

「……そうですね」

微かにためらうような間があって、ひなたは頷いた。

歩こうとするとフラつく若葉の肩を、ひなたが支える。

一歩進むごとに、若葉は体の内側が痛んだ。

ひなたの肩を借りて、若葉は特別治療室の前にやってきた。

杏と球子もそこにいた。球子は廊下に置かれた長椅子に腰かけ、うなだれている。杏はそんな球子の横に座り、どうすればいいのか迷うように視線を彷徨《さま》わせていた。

「あ、若葉さん」

杏は若葉がやってきたことに気づき、声をかける。

「友奈の様子は……どうだ?」

重い口調の若葉の問いに、杏は目を伏せて首を横に振った。

「……まだ意識が戻りません」

「そうか……」

ガラス窓越しに、治療室の中でベッドに横たわる友奈の姿が見える。包帯とチューブに巻かれた姿が痛々しかった。

「大丈夫ですよ……この病院には、最良の設備と医師が揃っています。検査でも、命に別状はないということでしたから」

そう言うひなたの口調はどこか重い。

いつも騒がしい球子も、今は何も言えないでいる。

治療室の前に残された四人は、みんな何を話せばいいのか迷うように言葉に詰まっていた。

無言の時間がどれほど過ぎただろうか。

点滴スタンドを押しながら、千景が姿を現した。

千景は口をつぐんだまま若葉の横を通り過ぎ、ガラス窓の向こうの友奈の姿を見る。そして悔しげに唇を噛み締めた。

「どうして……こんなことに……」

自分の無力さを嘆くように。

この世界を呪うように。

千景はつぶやいた。

そして若葉に視線を向ける。泣いているのか、寝不足なのか、千景の目は赤くなっていた。

「これが……あなたの引き起こした結果よ……」

若葉は無言で千景の責めを受ける。友奈がここまでの傷を負った責任を、若葉も自覚していた。

「なぜこんなことになったのか……あなたは分かっているの……?」

「分かっている。私の突出と無策がすべての原因だ……」

暴走とも言える単独行動。それがこの結果をもた

らした。

「違う……！」

千景は絞り出すように叫んだ。

「やっぱりあなたは分かっていない……！　一番の問題は、戦う理由なのよ……！」

「戦う、理由……？」

彼女の言葉の意味が、若葉には分からない。

「あなたはいつも、バーテックスへの復讐のためだけに戦っている……！　だから……怒りで我を忘れてしまう……！　自分が周りの人間を危険に晒しても、気づきさえしない!!」

「…………」

千景の言葉が病院の廊下に響き渡る。

球子にもその声は聞こえているだろうが、何も言わず俯いたままだった。彼女も今は、若葉を擁護することはできないのだろう。

「あなたに……私たちのリーダーとしての資格なんて、ない……！　あなたが戦うことで、高嶋さんは傷ついた……きっとこれからも、同じことが起こる！　だったら……もう――」


「言い過ぎです！」

千景の声を止めたのは杏だった。

「若葉さんは、今までずっと先頭に立って戦ってきたんですよ。そのやり方が強引でも……すべてを否定するのは間違っています」

「……っ！」

千景は杏の側に歩いて行き、手を振り上げる。

しかしその手は振り下ろされる前に、球子に掴まれて止められた。

「やめろ……あんずに手を出すなら、黙ってられないからな」

空気が凍りついたように、廊下が静まり返る。

沈黙の中で、ひなたが友奈の方へ目を向けながらつぶやいた。

「こんなふうにみんなで喧嘩して……一番悲しむのは、いったい誰なんでしょうね……？」

それから誰も何も話すことなく、それぞれ自分の病室に戻っていった。

千景だけが特別治療室の前に残っていた。

「乃木さん……あなたがこのまま変わらなければ……もう私は、あなたと一緒に戦うことはできない……」

友奈の姿を見つめながら、千景は若葉にそう告げた。

就寝時間が過ぎても若葉は眠ることができず、ずっと病室の天井を見つめていた。

昼間、千景に言われた言葉が、何度も何度も頭をよぎる。

（復讐のためだけに戦っている、か……）

敵に報いを与えること――それこそが若葉の行動原理だった。殺され、苦しめられた人々の怒りと悲しみをバーテックスに返す。その一心で己を塗りつぶし、戦場に立っていたのだ。

それを否定されては……いったいこれから、どうやって戦っていけばいいのか。

分からない。

今の若葉は、足元さえおぼつかない子供のようなものだった。自分の立ち位置が見えなくなり、どこへ向かえばいいのかも分からず、ただその場に立ち尽くしている。

翌日、検査と治療が終わった若葉たちは、退院することになった。

勇者としての訓練はまだできないが、日常生活に支障はない。

しかし、未だに友奈は意識を取り戻していなかった。そして若葉は、自分の心の内にある迷いをどうすればいいのか、答えを出せずにいた。

球子、杏、千景も退院して学校に戻ったが、以前とは空気が違っていた。休み時間や昼食時間、誰もが言葉少ない。

もしこの場に友奈がいれば、彼女がみんなの仲を取り持ち、この重い空気を消してくれていただろう。しかし、ここに友奈はいない。本来であれば、この空気を変える役目はリーダーである若葉がやるべきだろうが、彼女はそんなことができるほど器用ではなかった。

その夜、若葉はひなたの部屋を訪れた。

不安を握りしめるように、枕を抱えて。

部屋のドアを開けると、ひなたが忙《せわ》しなくバッグに服やノートなどを詰め込んでいた。

「何をやっているんだ、ひなた?」

「ああ、若葉ちゃん、いらっしゃい。今、ちょっと荷物をまとめているんです」

「……? なんでそんなことをしている?」

ひなたは荷物を詰め終わったバッグのファスナーを閉めながら、答える。

「明日、この寮を出ます」

「え!? な、何があったんだ!?」

若葉は動揺して枕を握りしめる。なぜひなたが寮を出て行くのか? まさか『勇者付き添いの巫女』という立場が変わってしまったのか? いや、そもそも巫女の本来の役割は勇者の付き添いではないのだから、今までずっとひなたがこの学校にいたのがおかしかったのではないか? だとしたら、ひなたは本来の巫女の御役目に戻るだけであり――

グルグルと若葉の思考が回っていると、ひなたは安心させるようにクスリと笑う。

「若葉ちゃん、動揺しすぎです。別にずっとこの寮からいなくなるわけじゃないですよ。ほんの少しの間だけです。大社の本部に呼び出されてしまって」

若葉はホッとしてため息をついた。

「そ、そうか……。しかし、いったいなぜ突然?」

大社からの呼び出しなど、滅多にあるものではない。若葉たちの学校に大社の職員が出入りしているのだから、たいていの用事は彼らを通じてやり取りをすればいいからだ。

ひなたの表情が少し曇る。

「理由は聞かせてもらえませんでした。ですが、年が明けてからいろいろありましたからね……前回のバーテックスの襲撃は今までとは比べ物にならないほど大規模でしたし、重傷者も出てしまいましたから……」

バーテックスの四国への侵攻が始まってから数ヶ月――今、何かが大きく動こうとしているのかもしれない。バーテックス側も、人間側も……

「ところで、若葉ちゃんは何か用事でもあったんで

すか？　こんな夜中に」

「あ、う、そうだな……」

若葉は言い出しづらそうに口ごもる。

幼なじみのその姿を見て、ひなたはベッドに腰かけ、ポンポンと自分の膝を叩いた。

若葉はひなたに膝枕してもらいながら、ぽつぽつと話し始める。

千景に言われたこと。

自分がこれからどう戦えばいいのか分からなくなったこと。

今までの自分が間違っていたのかという迷い——

話しているうちに、若葉の目に涙が浮かんだ。幼い頃から、若葉が他人に涙を見せることはまったくなかった。しかし、ひなたに対してだけは別だ。彼女の前でだけは、若葉は身も心も無防備になる。

「私はどうすればいいんだろうか……？」

「…………」

ひなたは若葉の問いに、答えることができずにいた。

若葉はいつだって、迷った時にはひなたに頼ってきた。ひなたは、いつもそれに応えてきた。

世界を守る勇者という重責を負う若葉に対し——そして幼い時からずっと一緒に過ごしてきた一番の親友に対し、できる限りのことはしてあげたいと思う。自分にだけは素直に頼ってきてくれる若葉を、愛しいと思う。

しかし、今ここで若葉に答えを教えることが、本当に正しいのだろうか？

若葉が抱える問題点と、その解決法を、ひなたが言葉で教えてあげることはできる。そして飲み込みの早い若葉は、すぐに状況を改善できるだろう。

——その方法は本当に正しいのだろうか？

表面的に問題をなくすことはできたとしても、若葉の内面はきっと変わらない。ひなた以外の誰も気づいていない、若葉の精神的な脆《もろ》さは消えないままだ。それはいずれ、若葉の命を危険に晒すことになるかもしれない。

「…………」

若葉はひなたの言葉を待つ。

だが、ひなたは若葉に、答えを与えることはなかった。

「今、若葉ちゃんが抱える問題は、自分で答えを探して、自分で乗り越えるしかありません」

「え……」

若葉は耳を疑った。ひなたの言葉は——口調こそ優しかったが、若葉を突き放すものだ。

ひなたはハンカチで幼なじみの涙を拭う。

「ほら、もう泣かないでください。泣き顔、撮っちゃいますよ」

スマホを取り出して、若葉に向ける。

「……勝手に撮ればいいだろう」

不貞腐れたように言う若葉。

ひなたはスマホのカメラのシャッターボタンを押した。

「本当に撮った……」

若葉はひなたにジト目を向ける。

「明日から、少しの間ですが、若葉ちゃんに会えませんからね。若葉ちゃん分の補充が必要なんです」

ひなたはスマホに写った若葉の写真を見る。

この泣き顔が、大社から戻って来た時には、前向きな顔になっていますように——

そう願う。

「若葉ちゃんならきっと、今抱えている問題を自分で乗り越えることができます……私は、そう信じています」

翌日早朝、まだ日も昇らない薄明のうちに、ひなたは大社の使者に連れられて寮を出た。出発の時間は誰にも教えていなかったため、ひなたを見送る者はいなかった。

彼女は途中、何度も丸亀城の方を振り返った。

若葉のことも、険悪な空気になったままの勇者たちを残して行くのも、不安だった。

しかし、大社管理下に置かれている巫女のひなたに、招集を拒否する権利はない。

後ろ髪引かれる思いでひなたは寮を去る。

そんな彼女の姿を、たまたま朝早く目を覚ました杏が、寮の窓から見下ろしていた。

「ひなたさん……」

遠目にだが、ひなたの表情は見える。若葉を含め

た今の勇者たちの状態を考えれば、ひなたが抱えている不安がなんなのか、杏にも想像はできた。

その日、学校が始まっても若葉はずっと沈み込んでいた。授業中も休み時間も、席から一歩も動かず、俯いたまま動かない。しかも時々、ものすごく深いため息をつく。

「はぁぁぁ〜……」

昼休みはいつも全員で一緒に食堂へ行くことになっているが、球子が何度若葉に呼びかけても返事がない。

「屍《しかばね》かっ！」

と球子がツッコミを入れるも、若葉は気づきもせずにスルーしてしまった。

球子は肩をすくめて杏に言う、

「ダメだありゃ。完全に魂が抜けてやがる」

「……仕方ないよ。友奈さんの件があって、今はひなたさんもいないんだから……」

「しっかし、あのままにしておくのも、なぁ……」

楽天家の球子も、今の若葉はさすがに放っておけないようだった。

結局、若葉は放課後まで誰とも話すことなく、ずっと俯いて過ごしていた。

（私はひなたにも愛想を尽かされてしまったのだろうか……）

今朝、若葉が目を覚ました時、ひなたはもう寮からいなくなっていた。既に大社本部へと行ってしまったらしい。見送りさえできなかった。

どうしてひなたは、出発する時間を教えてくれなかったのだろう。今までの彼女であれば、少なくとも若葉にだけは、時間を教えてくれたはずだ。

昨夜のこともあり、若葉はひなたに拒絶されてしまったように感じていた。

（仕方ないか……私は勇者のリーダーでありながら、他の勇者を助けるどころか、危険に晒してしまったのだ。もはや市中引き回し、笞《むち》打ち、磔《はりつけ》、獄門……どんな処罰でも受けようフフフ……）

そんなことまで考えてしまっていた時、杏が若葉の机の前に立った。

「若葉さん」

「……なんだ?」

顔を上げ、覇気のない表情で杏を見る若葉。

「ちょっと出かけましょう!」

杏に引っ張られるようにして、若葉は学校から町へ出た。

丸亀城周辺は古くから城下町として栄え、現在でも市街地として多くの人が生活している。バーテックスが出現した三年前以降、四国の外から移住してきた人も多い。

(急に外に連れ出して、どういうつもりだ……?)

杏の意図が分からないまま、若葉は歩く。

そして杏は、ある民家の前で立ち止まった。

「――この家の住む大学生のお姉さんは、三年前、広島の大学に通っていました。バーテックスが現れた日……四国に避難することはできましたが、天空恐怖症候群を発症。ご家族も本人もずっと苦しんでいました。でも、勇者がバーテックスに勝ったというニュースを聞いた日から、少しずつ心が安定して症状が改善しているそうです」

若葉は杏の意図が掴めないまま、その言葉を聞いていた。

杏は再び歩き出し、また別の家の前で立ち止まる。

「この家のご家族は、ずーっと昔から丸亀市で暮らし、地元に強い愛着を持っています。もし勇者が四国を守ってくれていなかったら、大切な故郷を失ってしまっていただろうと言っていたそうです」

そしてまた歩き出し、今度はあるアパートの前で立ち止まった。

「ここに住んでいるのは、ほとんどが本州や九州から移り住んできた方たちです。四国外から避難してきた人の多くは、バーテックスのせいでご家族を亡くし、仕事も家も失って生きる気力を失っていました。自殺しようとする人もたくさんいました。でも、勇者の戦う姿を見て、前向きさを取り戻していっているそうです」

四国に住む人々は、すべて三年前の悲劇を経験している。そして間接的にしろ直接的にしろ、四国を守る勇者のお陰で、今を生き長らえているのだ。

「私、時々町の中を散歩したりするんです。そしたら、町の人がどんな暮らしをしているか、声が聞こえてきて。私が勇者だって気づいて、話しかけてきてくれる人もいます」

「そうなのか……」

若葉は町に出ることがほとんどない。丸亀城と寮だけで生活は完結するし、若葉は勇者の中でも特に市民から顔を知られているから、外出は極力避けるよう言われていた。

杏は歩きながら、しばしば立ち止まっては、町で暮らす人々の生活を語る。

途中、ベビーカーを押して歩く女性と出会った。

彼女は若葉の顔を見て立ち止まり、驚いた表情を浮かべる。

「あの……もしかして、乃木若葉様ですか？」

若葉が戸惑いながら頷くと、ベビーカーの女性は頭を下げ、「ありがとうございます」と告げた。心からそう言っていることが伝わってくる口調だった。

「私は……三年前、島根の神社に乃木様と共に避難していた者です」

彼女とその夫は、若葉が島根から四国へ避難者を連れて戻った時に同行していたのだという。

若葉のお陰で命を救われたのだ。

そして三年が過ぎた今、若葉が救った二つの命から、また新たな命が生まれた。

「この子には『若葉』と名づけました。勇者様の名前にちなんで……。本当にありがとうございました。やっと……直にお礼を言うことができました」

若葉はその赤ん坊を抱かせてもらった。

生命の温かさと重さを感じる。

女性は目に涙を浮かべながら、何度も感謝の言葉を口にした。

そして女性が去った後、杏は若葉に告げる。

「これが、若葉さんが守っているものです」

「私が……守っているもの」

杏の言葉を、若葉は呆然と繰り返す。

何かが――

何かが、若葉の心の中で変わっていくような気がした。

（そうか……）

若葉は瞼《まぶた》を閉じる。

バーテックス襲来の日の光景は、今でも鮮明に思い出せる。脳裏に焼き付いている。

目の前で喰われていく人々。

変わり果てた姿になったクラスメイト。

うごめく化け物たちの姿。

荒廃した国土。

その記憶は長い時間が経っても、悪夢のように若葉の体に絡み付いている。

(……あの日の記憶に、ずっと囚われていた……)

トラウマだったのだ。

三年前の惨劇は、幼かった若葉の心に、深い傷を与えた。

どんなに気丈に振る舞っても、化け物たちを一掃できるほど強くなっても、その傷は残り続けていた。傷は若葉に、死者の復讐を求め続けた。バーテックスを前にして怒りに我を忘れてしまうのも、復讐に拘り過ぎるのも、その傷が深く深く残っているから。

(だが……もう、乗り越えなければ)

いつまでも過去に囚われていてはいけない。若葉は今、多くの人々の生命を背負っている。

死者のためでなく、生者のために戦わなければならない。

いなくなった者ではなく、側にいる者に目を向けなければならない。


——遠くばかりじゃなくて、もっと近くを……自分の周りの人のことを見てあげた方がいいのかもしれません。


あの夜ひなたが言っていた言葉の意味が、ようやく若葉にも分かった。

「だから、ひなたは私を突き放したのだな……」

自分が抱えている弱さには、自分で気づかなければ意味がない。ひなたは若葉を思いやるからこそ、何も言わなかったのだ。

杏は頷いて、微笑んだ。

「寮を出て行く時のひなたさんを、たまたま見かけたんです。すごく心配そうな顔をしていました。き

っと若葉さんのことを気にかけていたんだと思います。だから私、なんとかしないとって思って」

「ありがとう……。杏、お前は……良い奴だな」

「どういたしまして。私、勇者としては少し頼りないですけど、仲間ですから！」

　杏は胸を張って言う。

「……頼りないなんてことはない。杏の射撃の精密さは誰もが認めるところだし、長距離からの援護に助けられることも多い。それに、前のバーテックスと戦いの時には、杏の機転があったからこそ勝利できたんだ」

「う……若葉さんに褒められると、すごく照れます……」

　そんなふうに若葉と杏が並んで歩きながら話していると、突然二人の間からにょっきりと球子が顔を出す。

「二人だけでなに楽しそうにしてるんだよー、タマも混ぜろよー」

「タマっち先輩？　なんでここに？」

　杏が驚いていると、球子は唇を尖らせる。

「あんずと若葉が深刻そうな顔して学校を出て行ったから、心配して後を追ってきたんだ。もしかしたら、喧嘩でもするんじゃないかって。そしたら、喧嘩どころか、なんか二人で楽しそうに話してるしっ！」

「……すまない、心配させてしまったようだ」

「べ、別に謝ってほしいわけじゃねーけどさっ！」

　むしろ謝られて決まりが悪いのか、球子はそっぽを向く。

「球子は私たちのことを心配してくれたのだな……。球子は勢いのある戦い方でみんなの士気を高めている上に、そんなふうに他の仲間の気配りもできる。お前は、本当に掛け替えのない仲間だ」

「はぁ!?　な、なんだよっ、急にっ！　褒め殺して何か企んでやがるのかっ!?　た、タマはそんな心理的駆け引きに騙されたりはしないんだからなっ！」

　球子は顔を赤くして、若葉に向かって謎の拳法っぽい構えを取る。

「いやー、タマっち先輩はすぐに騙されそう……」

と小声でつぶやく杏。

「……何か言ったか？　あんず」

「いえいえ、何も」

「いや、絶対に言ったっ！　すっごく失礼なこと言った気がするっ！」

言い争う二人を見ながら、若葉は思う。

自分の傍らには、頼りになる、温かい仲間がいるのだと。

この仲間たちがいれば、きっと過去の傷にも打ち克つことができる。

「球子、杏」

若葉は共に戦う仲間である二人に、頭を下げた。

「お前たちが側にいてくれれば、もう私は自分の弱さに負けて暴走などしない。だから……まだ一緒に戦ってくれるか」

若葉の言葉に、球子と杏は頷く。

「もちろんです、若葉さんはリーダーですから！」

「当然！　タマにまかせタマえっ！」

その夜。

若葉は千景の部屋で、彼女と正座して向き合っていた。

「…………」

「…………」

二人とも無言で、時間が過ぎていく。

やがて――

「すまなかった、千景」

若葉が深く頭を下げた。

「私は思い上がっていたのだと思う。自分だけで戦っているつもりになっていた。一人だけでバーテックスを倒すのに充分だと思っていた。過去に囚われていたせいで、周りの者に目を向けることもできず、怒りに我を忘れることもあった。これは――私の心の弱さが招いたことだ」

「…………」

千景は若葉の言葉を、無言で聞き続けていた。

若葉は顔を上げ、千景の目を真剣に見つめる。

「これからは、一人で戦っているなどと思い上がったりはしない。死者よりも生きる者を想って戦う……。だから、これからも私と共に戦ってほしい」

千景はしばし沈黙して――やがて、ゆっくりと口を開いた。

「……あなたが何を言っても、意味なんてないわ……。言葉では……あなたが本当に変わることができるのかどうか……分からないもの……」

「…………」

「だから……行動で示して。私は……それを側で見ていてあげるわ」

「……！　それは、つまり——」

千景も若葉と共にまだ戦ってくれるということだ。

「私も……少し言い過ぎたかもしれないから……」

千景は気恥ずかしそうに若葉から目をそらし、そう言った。

友奈が目を覚ましたのは、その翌日のことだった。

意識もはっきりしていて、状態も安定しているため、まもなく一般病棟の個室へ移された。後遺症が残るような怪我は一切なく、順調に回復しているらしい。

「みんなをすっごく心配させたのに、何事もなく治ってしまって……人騒がせでごめん!!」

若葉が見舞いに行った時、友奈は申し訳なさそうにそう言った。

「ちゃんと治るのが一番に決まっている。それに……謝るのは私の方だ。友奈がこれだけの怪我を負ったのは、私のせいだから」

友奈は元気そうに振る舞っているが、まだ体には包帯が残っている。順調に回復しているとはいえ……やはり、決して軽い傷ではなかったのだ。

若葉は、友奈が意識を失っている間に起こったことを話した。

千景との喧嘩も。自分の心の弱さに気づいたことも。仲間たちの温かさを知ったことも。

そして——自分が大切にすべきは、今、生きている者たちだということ。側にいる者たちだということ。

若葉の語る言葉を、友奈は静かに聞いていた。

「まだ心身ともにリーダーとして未熟だが……これからも共に戦ってほしい」

若葉がそう言って頭を下げると、友奈は彼女の手を取って微笑んだ。

「もちろんだよ、だって私は若葉ちゃんの友達だもん。若葉ちゃんは、一人でなんでもやり過ぎちゃおうとするところはあったかもしれないけど……でも、その姿がみんなの元気の素《もと》になってたことは、絶対に間違いないから。だから私は、これからもずっと一緒に戦うよ」

「ありがとう……その言葉が聞けてよかった」

　顔をあげた若葉の表情には、迷いが晴れた清々しさと、新たな決意が浮かんでいた。

「さぁ、友奈は病み上がりだから、あまり長居するのはいけないな。そろそろお暇《いとま》しよう」

　けれど友奈は握った若葉の手を離さず、引き止める。

「まだ面会時間はあるから大丈夫。こんなふうに二人で話すことあんまりないし、もう少し側にいてほしいな……若葉ちゃん、なんだか前よりも柔らかくなった気がする。私は今の若葉ちゃんの方が好きだよ」

　西暦二〇一九年。

　人類が黄昏の刻を迎えても、日々は流れ続ける。

　少女たちはその時間の中で変わり、成長していく。

　そして――

　彼女たちの試練は、これから始まろうとしていた。

（7話完）

乃木若葉は
勇者である

Nogi Wakaba
wa YUSHA
de aru

大赦書史部・巫女様
検閲済

もしかしたら……いや、きっと。

……ううん、絶対！

私たちの他にも生きている人たちは、いる。

そうに決まっている。

たとえば[redacted]は、希望が高いみたい。

その人たちのためにも、私たちはくじけない。

勇者御記　　二〇一九年二月

高嶋友奈記

第八話

―灯花―

vol.8
Planning and configuration by Takahiro
Writing by Akashiro Aoi
illustration by Bunbun
Vertex Design by D.K&JW WORKS
Supervision by Project 2H

静謐な空気漂う中、白装束の少女たちが滝に打たれていた。

　彼女たちの中に上里ひなたの姿があった。黒い長髪と白い装束が、濡れた皮膚に貼りついている。滝に打たれた肌は薄く紅潮していた。

　ここは四国の守護の中心である『神樹』から程近い場所。滝に打たれる少女たちは、神に選ばれ、その声を聞く巫女たちである。今は神樹と向き合うために、身を清めているところだった。

　滝の水は真冬の空気の中で冷やされ、少女たちの肌に刺すような痛みを与える。気を抜けば意識が遠ざかってしまいそうな苦行だが、神そのものである神樹と向き合うために体を清めることは欠かせない。

（祓《はら》い給《たま》え、清め給え、神ながら、守り給え、幸《さきわ》い給え）

　独特の節をつけて、ひなたは心の中で何度もその言葉を唱える。これは清めの祝詞《のりと》の一種なのだそうだ。

　神職の家に生まれたわけではないひなたは、神事に関する知識などもともと持っていなかった。巫女という御役目をいただいてから、大社の人たちに様々な作法を教えられた。

　巫女たちの多くは、神職にも神社にも関係がない一般家庭の生まれだが、神主の家系の娘もわずかにいる。彼女の話によると、大社から巫女たちへ教えられている祝詞や作法は、神事で使われるものの極々一部だという。

　多くの巫女たちは本来、神事に関わりのない少女だから、教えることを少なくしている――というわけではないようだ。ある時神主の家系の少女が、大社に教えられていない祝詞をなんとなく唱えてみたことがあったという。それを聞いた大社の人は、「ここでは相応しくありません」と険しい表情で少女を戒めた。

　それらの作法や祝詞は、『教えられていない』のではなく、『禁じられている』のだ。

　バーテックスの出現以降、神事は徐々に変容していっている。

　これから先も、変化は続いていくのだろう。

　滝行を終えて川から上がった少女たちには、着替えの巫女服が用意されていた。

「もー、死ぬかと思った！　寒い！　痛い！　真冬だけは滝行はおまけしてほしいわ、神樹様ぁ」

着替えながら情けない声でそう叫んだのは、安芸真鈴《あきますず》。彼女も巫女で、ひなたより一歳年上だ。年齢は違うが、二人は不思議と気が合った。

安芸は三つ編みにした髪を拭きながら、不満げな口調でひなたに言う、

「う～ん、というか、上里ちゃんが普通に滝行できてることが驚きよね」

「？　どうしてですか？」

「普段はこういう儀式、してないんだし」

勇者お付きの巫女であるひなたは、普段は丸亀城にて勇者たちと同じ生活をしている。そのため神樹に直接謁見することは少なく、冬の滝行を経験したのも初めてだ。しかし普段から大社で過ごしている安芸などは、毎日神樹の近くにいるのだから、滝行による清めだって日常茶飯事である。

「アタシなんて、何度やっても全然慣れないのに！　これは身体的な理由によるに違いない……やっぱり、胸の脂肪かな？」

ニヤリとひなたを見る安芸。

「な、何が言いたいんですか……？」

「主に胸の周りが分厚い脂肪に覆われることで、寒さの中でも心臓の活動が妨げられることなく、だから寒さにも強い。最近、ますます育ってる気がするしね！」

「……！」

そう言われ、ひなたは慌てて胸を隠す。

「あはは、いいことじゃない。女の子の強力な武器よ」

「むぅ……そうでしょうか」

球子などにもよく羨ましがられたりするが、ひなたとしては安芸や若葉のようなスラリとした体型の方が綺麗だと思うことも多いのだ。

ひなたは体を拭いて、服を着替える。

「でも、滝行はそんなに辛くは感じませんでしたね。もちろん、水の刺すような冷たさは感じましたけど……不思議な温かさがあるようにも思えましたし」

「上里ちゃんには特別な加護があるのかもね。神樹様の一番のお気に入りだし」

ひなたは大社にいる者たちの中で、最も巫女としての適正が高いらしい。彼女が大社に呼び戻されたのも、

重大な神託があるために、能力の高いひなたが必要だったのかもしれない。

「ところでさ、上里ちゃん」

「なんですか？」

　安芸は言葉を探すようにためらいながら尋ねる。

「その～……あの子たちは、その……ちゃんとやれてるかしら？」

　彼女が言う『あの子たち』というのは、球子と杏のことだ。

「元気にしていますよ。球子さんなどは元気すぎて、ブレーキ役の杏さんが苦労しているくらいです。もっとも、杏さんにとってはその苦労も楽しいようですね。二人とも仲良しですから」

「だったらいいわ。まぁ勇者なんだから、ちゃんとしてて当然だけど」

　安芸はたいして興味もなさそうに、素っ気なく言う。

「安芸さんは、球子さんと杏さんが心配なんですね」

　彼女は愛媛県出身——球子と杏の実家のすぐ近くで暮らしていた。バーテックス出現の日、巫女としての力を得た直後、球子と合流。球子に杏の居場所を教え、助けに行くよう言ったのは安芸だ。

　その後、三人は大社に保護されるまで行動を共にしていた。以来、安芸はずっと球子と杏のことを気にかけている。

「別に心配ってわけじゃないわよ。ただ、あの二人は違う方向性で子供っぽいから、周りに迷惑かけてたら問題だなって思ってるだけ。ほら、アタシって一応、あの二人を導いた巫女ってことになってるし、ちょっとだけ責任を感じるし。ほんのちょっとだけね」

　長々と言い訳をする安芸だが、結局は心配しているということに違いない。その心理に、彼女自身も気づいていないのかもしれないが。

　ひなたは持ち物の中からスマホを取り出し、保存してある写真を安芸に見せてあげた。写真の中には、球子と杏が写っているものもある。

　彼女たちの姿を見た安芸は、明らかにホッとして表情を緩めた。

「なんだ、こんなに暢気な顔してるなら、全然大丈夫ね。心配して損したわ」

　やっぱり心配していたんじゃないですか。と言おうと思ったが、やめておくことにした。それは野暮というものだ。

安芸は表情を緩めた後、すぐに眉間に皺を寄せた。

「けどさぁ、上里ちゃん……」

「なんですか?」

「……乃木ちゃんの写真、集めすぎ。フォルダの大半、それで埋まってるじゃない」

「ライフワークですから」

ひなたは胸を張ってそう言った。

滝行の後、巫女たちは神樹の祀ってある場所へ向かい、列を為して歩いていく。周辺から低く平坦な歌のようなものが聞こえる。

――いにしへこのくにあらびたるの……かきはもよくあしかる……つくりおさめ……くにつくりおほあなむち……ましませばあしはらの――

見回せば、周辺の木々の陰など様々な場所に白色無紋の装束を着た人が立ち、祝詞を唱え続けている。彼らの唱える声があたり一帯を覆い、まるで異界のようになっていた。

否、ここは四国の中心にして、神そのものである神樹の存在する場。間違いなく『異界』なのだ。

――すまはせたまへる……ちひろのたくなはを……ももあまりやそむすび……いたはひろくあつく……やそぬひのしらだて……――

整備されていない道を歩きながら、ひなたは丸亀城に残してきた友人たちのことを思う。

若葉は立ち直ることができただろうか。

険悪になってしまった勇者たちは、仲直りできただろうか。

大怪我をした友奈は回復したのだろうか。

丸亀城を離れて一日しか経っていないのに、彼女たちのことばかりが気になる。

(たった一日で、こんなに心を乱されるなんて……)

たとえば、安芸はもう一年以上も、杏や球子とは会っていない。

他の巫女たちも、家族や恋人や友人など、大切な人たちと離れて暮らしている娘は多いはずだ。

たった一日でこんなに辛いのなら、彼女たちはどれほど心苦しい思いをしているだろう。

――とまをす……あやしきひかり……さちたまくしきみたまを……しづめたまへば……くにたまのかみとまをし……――

「ねえ」

ひなたの後ろを歩いている安芸が、声を潜めて話しかけてきた。

「お喋りをしていると、大社の人に怒られますよ」

「どうせ祝詞を唱えるのに一生懸命で、アタシたちのことなんて気にしてないわよ。神樹様だってこのくらい、大目に見てくれるわ。普段健気に仕えている、かわいい巫女たちをお喋りくらいで怒ったりするもんですか」

「自分で言っては健気さもかわいさもだだ下がりですよ……」

呆れて言うひなたの言葉を、安芸は気にもせず話を続ける。

「諏訪からの連絡が途絶えたのは知ってる？」

「……ええ、知っています。諏訪とやり取りをしていたのは、若葉ちゃんでしたから」

諏訪には四国と同じく、神の力による結界が存在しており、白鳥という名の勇者がバーテックスの侵攻に対抗していた。しかし昨年の九月以降、諏訪からの連絡は途絶えている。

諏訪の壊滅が確認されたわけではない。だが、あの場所にまだ人が生き残っている確率は……低いだろう。

「そっか、諏訪のことは知ってたのね。じゃあ、新たに生存者がいるかもしれない場所が見つかったことは？」

「！　どこですか？」

思わず声が大きくなってしまった……が、祝詞を唱えている人たちは気にもしていないようだ。

「まだ確定ってわけじゃないし、はっきりした場所も分かってないけどね。北方の大地と南西の諸島……ほんの微かに生存者の反応があったらしいわ。あの辺りにも、おられることだし……」

「……そうですか」

心の中に希望が湧いてくる思いだった。

四国以外にも、人が生き残っている地域がある。まだ人類は終わっていない。敗北してはいない。

帰って若葉たちにこのことを教えてあげれば、きっと喜ぶだろう。

「もしかしたら、まだ見つかってないだけで、本州にも人が生き残ってる地域があるかもしれないわ。諏訪だって、滅んだって決まったわけじゃないんでしょ？」

「ええ、そうですね」

　あくまで諏訪とは通信が途絶えただけだ。機器が故障したか、通信のためのルートが断絶されただけという可能性もある。

　希望はまだ残っている。

　――あまつひつぎあめつち……なくおほんたからやすく……なにがしらの……もろもろさいなんなく……よのまもりひのまもり――

「ねえ、上里ちゃん……人間って、強いね」

「はい、本当に……」

　人類は長い歴史の中で、多くの災害に直面してきた。その度に人々は立ち止まり、涙を流した。けれど結局最後には、また自力で歩き出して復興を果たしたのだ。

「今度だって、人はきっと立ち直るわ。また元の世界を取り戻すことができる」

「ええ、私もそう信じます」

　信じ、願い、祈る。

　戦う力を持たない巫女たちは、そうすることしかできないのだから。

「世界が元に戻ったらさ……勇者とか巫女とか関係なく、球子や杏ちゃんと遊べるし。お母さんとだって毎日会える。あとさ、アタシ弟がいるんだよ。生意気だけどかわいいんだ。今は……『天恐』で入院してるけど、きっと、この世界が元に戻ったら、治ると思うし……」

　そう語る安芸の顔を、ひなたは見ないようにした。彼女の掠れた声で、泣いているのが分かったから。

　何時だって何度だって想像したことだ。

　もしこの世界が平和なままだったら……

　もしこの世界が元に戻ったら……

　勇者として戦っている少女たちも、巫女として不自由な生活をしている少女たちも、まったく違う生き方ができるだろう。

　部活で汗を流したり。受験勉強で頭を悩ませたり。暗くなるまでファミレスでお喋りをして、遅くなったことを母親に叱られて。あるいは好きな男の子ができ

て、恋に一直線に生きる娘だっているかもしれない。

平凡で、ありきたりで、けれど温かくて尊い日常だ。

――かしこみまをす……おちんことかんなをび……みなをしたひらけく……さをしかのおんみみを……きこしめせとまをす……――

（私たちは必ず帰るんです……その日常に）

ひなたは心に強くそう誓う。

やがて、道の先に神樹の姿が見えた。


二〇一五年のバーテックス襲来後、その樹木は四国に出現した。大社が祀る御神体であり、神そのものと言われる。

神樹は、巫女には神託を与え、勇者には戦う力を与える。四国に結界を形成したり、樹海化を起こしたりしているのも、神樹なのだという。

また、神託、勇者の力、四国の守護だけでなく、神樹は生物科学にも影響を与えている。勇者は神樹の力と人の力が合わさって活動するが、その身体を調査することにより、細胞や人体に関する研究が急速に進んでいるそうだ。


ひなたの体は、神樹を前にして緊張で強張っていた。

ここに来るまでお喋りをしていた安芸も、今はまったく口を開かない。

神樹の両脇から巫女たちの方へ、数十人もの大人たちが列を為し、両手両膝をついて頭を下げた体勢で座っている。巫女たちが神樹へ向かって歩くための、通り道を作っているのだ。彼らは、皆一様に緊張した表情を顔に浮かべていた。

今ここで頭を下げている者たちも、道中の祝詞を唱えていた者たちも、すべて大社の一員である。大社を構成する人員は、各神社の神職から適格とされた者などだ。多神教であるがゆえに祭神を異にする者たちも、『大社』として一つにまとまっているのである。そんなことができるのは、神樹という圧倒的な存在が中心にあるからだろう。

巫女たちはひなたを先頭として、大社の人々が作る道を通り、神樹の前へと向かう。

神樹と相対したひなたは、自然と膝をついて頭を下げた。

(神話などでよく聞きますが……神様の前で、人は立っていることができない、と。あれは本当なんですね――)

一度頭を下げた後は、何かの許しを得たように緊張がほぐれた。

ひなたは神樹の幹に手を触れる。

不思議な温かさを感じた。まるで生き物に触れているかのようだった。

(神樹様は――生きている……)

次の瞬間、ひなたの体の内側が熱くなり、神樹に触れた手を通して何かが流れ込んでくるような感覚が起こった。

「……う」

体内の熱はやがて頭の中に集まり、重い風邪を引いた時のように意識が混濁する。平衡感覚がなくなり、五感が鈍り、視界が暗く狭くなり――

「上里ちゃん⁉　ちょっと――」

「上里様!」

「いかん、瞳孔が開いて――」

誰かの声が聞こえる。声は次第に遠ざかっていく。

やがてひなたの意識は、完全に闇に沈んだ。

目を覚ました時、ひなたは布団に横たわっていた。どうやらここは社殿の一室のようだ。布団の側には安芸や数人の巫女たちが、ひなたを見守るように座っている。

「気がついたのね!　良かった……」

目を覚ましたひなたを見て、安芸は安堵の表情を浮かべた。

「上里ちゃん、意識ははっきりしてる?　アタシが誰か分かる?」

「はい……大丈夫です、安芸さん」

そう言いながら、ひなたの顔は真っ青になっていた。凍えるような寒気を感じる。

「上里ちゃん?　どうしたの、震えてるわ」

「神託が……」

「――何が見えたの?」

真剣な表情で、安芸がひなたの顔を覗き込む。

「暗い空を埋め尽くす、無数の小さな星々……星は、流星のように落ちて来て……小さな星はいくつも重な

り合って、かつてないほど大きな輝きに……」

ひなたの言葉を聞くや否や、安芸は周囲の巫女たちに「大社の人たちに報告を」と指示を飛ばした。数人の巫女が頷き、立ち上がって早足で部屋を出て行く。

神樹を通して見えたイメージの意味を、ひなたは理解していた。

「……まもなく、総攻撃が起こります。四国へ侵攻するバーテックスの数は、前回よりもはるかに多い……」

翌日、ひなたは丸亀城へと帰った。今回の神託を勇者たちに伝え、次の侵攻への対策を練らせるという任務が課せられている。

ひなたが丸亀城の寮の自室に入ると、そこには正座している若葉がいた。

「ひなたに、お礼を言いたい」

生真面目な表情はいつも通りだが、何か吹っ切れたようにさっぱりとした口調だった。その目は迷いのない輝きを湛えている。

若葉は、ひなたが丸亀城を去ってから起こったことを話した。自分の弱さに気づいたこと、仲間たちと和解したこと、もう二度と暴走したりはしないと誓ったこと――

「……良かったです、若葉ちゃん……」

「ああ。ひなたが私を信じて見守ってくれたからこそ、本当の意味で自分の弱さを知ることができた。ありがとう……」

ひなたが信じていた通り、若葉は自分の力で自分の弱さを乗り越えることができたのだ。

「さすがは若葉ちゃんです。私の自慢の幼なじみです」

彼女は微笑む。そして今の若葉ならば、これから起こる戦いにも立ち向かうことができるとはっきり感じた。

ひなたは若葉の顔を正面から見据える。

「若葉ちゃん。勇者全員に伝えなければならないことがあります」

ひなたは勇者たちに、まもなく起こるであろうバーテックスの総攻撃のことを話した。前回よりも激しい侵攻が起こるとなれば、勇者たちにとって『死』という言葉さえ現実味を帯びてくる。

　しかし、彼女たちは決して悲観的にはならなかった。若葉が精神的に成長したことが、周りにも影響を与えているのかもしれない。

　そしてひなたは、四国以外にも人類生存の可能性があることを伝えた。希望が見つかったのだ。他の地域で生き残っているかもしれない人々のためにも、四国を潰させるわけにはいかないと、勇者たち全員が感じた。

　そんな勇者たちを見ながら、ひなたは思う――

　戦いが始まれば、自分は何の力にもなれない。

　だから、祈ろう。

　みんなが必ず無事に戻って来ますように、と。


　バーテックスの大規模侵攻の話を聞いた若葉は、自分が為すべきことは何かを考えた。

（私は、リーダーとしてもう一度、みんなと向き合わなければならない……）

　そして思いついたのは、勇者全員と意思疎通をしっかりと築くことだった。自分一人で戦っているわけではないのだ。いざ戦闘が始まってから、足並みが揃わなければ力を発揮できない。

　勇者たち全員と話して、お互いの考えや性格を分かり合っていれば、戦いが始まった後に迷いや摩擦は少なくなる。そして全員が充分に力を発揮できるだろう。

　すべての勇者たちと話をしてみよう――若葉はそう思った。

　どんな話題でもいい。話をしてみることで、通じ合うことはあるはずだ。


「一番の問題は、前の時みたいに敵が複数のグループに別れて攻撃を仕掛けてきた場合ですよね。バーテックスの数が多ければ多いほど、そうなる可能性は高いと思います」

「ふむふむ……」

　若葉と杏は香川周辺の地図を広げながら、話し合っていた。次のバーテックス侵攻に向けて、作戦を練っているところだ。

　彼女は格闘において他の勇者たちに劣るが、知識の多さや咄嗟《とっさ》の機転に関しては勇者たちの中で一番だ。

次の大規模戦闘に関して、何か良い考えを出せるかもしれないと思い、若葉が作戦会議を持ちかけたのだった。

「でも、バーテックスの方が数が多く、勇者たちの方が少ないという状況はどうしようもありません……うーん……」

杏は地図を見ながら、頭をひねる。

懸命に考える彼女の姿が、若葉にはとても頼もしく思えた。

「ありがとう、杏」

若葉は静かにそう言った。

「どうしたんですか、急に?」

怪訝そうに杏は若葉を見る。

「私が落ち込んで沈み込んでいた時、杏は声をかけてくれた。あの時――私は心細かったんだ」

そう言いながら、若葉は杏を抱きしめていた。

「自分が信じていた正しさが分からなくなり、支えとなっていたひなたもいなかった。杏が話しかけてくれて……本当に嬉しかった」

自らの弱さを認めた若葉の言葉に、杏は優しく微笑む。

「……若葉さんは、見た目の割に甘えん坊なんですね。ひなたさんが若葉さんをあんなにかわいがっている理由が分かります」

「……!」

顔を赤くする若葉だが、杏の優しい口調は心地よかった。

「――そうです!」

杏は何か思いついたように頷いた。

「若葉さんが中心になって勇者全員がまとまるなら、今までにできなかった戦い方もできるかもしれません」

「それは……?」

「陣形を使うんです。戦争の中心が兵器戦とゲリラ戦になってしまった後は、スポーツの中でしか使われなくなりましたが、昔の戦いを描いた戦記物ではそれを使って勝利する展開も多いですし……」

若葉と杏は再び地図に向き合い、作戦会議を続ける。

また別の日――

若葉と球子は、市内で有名な骨付鳥の店『一亀』にやって来ていた。骨付鳥とは、鶏のモモ肉を骨つきのまま焼き上げた料理で、丸亀市で生まれたご当地グルメである。丸亀だけに留まらず、香川県内でも多くの人に好まれている。

勇者として知名度の高い若葉と球子へ、他の客からチラチラと視線が向けられるが、気にしなければ問題はない。

骨の部分を紙ナプキンで包んで持ち、ホカホカの骨付鳥にかぶりつく若葉と球子。

香ばしい匂いが鼻孔をくすぐる。肉汁と特性のタレが鶏モモ肉と絡み合い、絶妙な味を生み出していた。

「うまいっ！」

「やはり鶏肉を食べるなら、骨付鳥に限るな。ご飯も進む」

若葉は骨付鳥をおかずにとり飯も一緒に食べ、球子はひたすら骨付鳥のみを食べる。

「やっぱ骨付鳥は『ひな』に限るなっ！　『おや』よりも断然こっちだっ！」

骨付鳥には若鶏の肉を使った『ひな』と、親鶏の肉を使った『おや』の二種類がある。『ひな』はふっくらとした柔らかさと食べやすさが特徴であり、『おや』は歯ごたえと噛むほどに滲み出る味の深さが特徴だ。

「待て、それは聞き捨てならないぞ、球子。骨付鳥の本当のうまさは『おや』にこそ宿っている。確かに『ひな』の食べやすさは多くの人に好まれるが、やはり『おや』こそ……」

「むむ、そんなことないぞっ！　食べやすいってことはうまいってことだろ。勢い良く食べられる『ひな』こそが……」

若葉の視線と球子の視線が交錯する。

時として、骨付鳥をめぐり、ひな派とおや派は対立するのである。

二人は骨付鳥を手にしたまま、椅子から立ち上がった。

「若葉……どうやら、ここで白黒をつけないといけないようだな」

「望むところだ……『ひな』と『おや』、どちらが優れているか――」

その時、若葉の言葉を遮るように、彼女の服の裾が

引っ張られた。

下を向くと、若葉の服を引っ張る幼い少女の姿があった。

「ゆーしゃ様、ケンカしちゃ、めっ。骨付鳥は、どっちもおいしいんだから！」

「「………」」

若葉と球子は言葉を失い、顔を赤くして椅子に座り込んだ。

近くのテーブルにいた少女の母親が、「すみません、勇者様に失礼なことを！」と慌てて謝ってきたが、むしろ若葉と球子の方が謝りたい気分だった。

再び骨付鳥を食べながら、若葉と球子は話す。

「あの子の言う通りだな。『ひな』も『おや』も、どちらにも良いところがあって、どちらもうまい」

「そうだなっ、いろんなタイプがあっていいんだ！」

若葉のように堅い性格も、球子のように勢いの良い性格も。

どちらにも良いところがある。

「よし、この『ひな』をやる！　食べてみタマえっ！」

「ああ。ではこちらの『おや』を一つ……」


若葉と球子はお互いの骨付鳥を交換して食べ合った。


また別の日——

若葉は千景の部屋を訪れた。

「千景、ゲームをやろう！」

「……？」

突然の申し出に、千景はキョトンとする。

若葉は携帯ゲーム機とゲームソフトを、千景の目の前に掲げる。ゲームソフトは、最近発売された人気シリーズの新作だった。世界観はファンタジーだが、勇者と魔王の戦いといったゲームではなく、様々なモンスターをひたすら狩ることを追求したアクションゲームである。

「このゲーム、最近始めたのだが、協力プレーもできるんだろう？　むしろ協力プレーこそが醍醐味だと聞いたぞ」

「……ふ」

千景は口元に笑みを浮かべる。

もちろん千景は、若葉が差し出してきたそのゲームを持っている。そしてやり込んでいる。プレイヤーキ

ャラも充分に育てられ、装備やステータスは最上級だ。

（最近始めた程度のにわかで……私のプレイヤーキャラ――『Ｃシャドウ』と協力プレーなんて……格の違いを見せつけてあげるわ……！）

「いいわ……やりましょう」

千景は自分のゲーム機を取り出す。

通信で接続し、千景と若葉のキャラが同じフィールドに出現する。

「休憩時間の暇つぶしくらいに思って始めたんだが、思いのほかおもしろくてな。のめり込んでしまった。今までずっと一人でプレーしていたのだが、どうしても倒せない敵が出てきて……千景がもしこのゲームをやっていたら、協力して倒せるかもと思ったんだ」

若葉が苦戦していたモンスターは、序盤の最難関と言われる敵だった。

そのモンスターに、千景と若葉は一緒に立ち向かっていく。

「……本当に、変われたのね……」

ゲーム機を操作しながら、千景はポツリとつぶやいた。


「ん？　何か言ったか？」

怪訝そうに言う若葉に、千景は首を横に振った。

「いいえ……なんでもないわ……」

以前の若葉であれば、行き詰まっても一人プレーを続けていただろう。しかし今、彼女は他人を信じて頼ることができている。

そしてゲーム中でも、若葉は千景とうまく足並みを揃えて戦っていた。一人で突撃したりすることもなく、攻撃力が高い千景のサポート役に回りつつ、要所要所で的確な攻撃を行う。千景は一人で遊んでいる時以上に、心地よくプレーできていた。

「温泉旅館の時も、思ったけど……あなたには、ゲームの才能があるわ……」

「そうか？　千景にそう言われると、素直に嬉しいな」

「あなたの才能は……もっと伸ばすべき。おすすめのゲームを貸してあげる……まずは初級者向けのを、二十本ほど……」

「二十本⁉　初級者向けだけで⁉」

「ふふ……」

またある時――

若葉は友奈の病室を訪れた。入院している友奈のお見舞いもかねて。

病室に入った途端に、若葉へ明るい声が投げかけられた。

「若葉ちゃん！　私、やっと退院できるみたい！」

友奈はベッドから下り、床に立っていた。包帯も取れて、ほとんど怪我も残っていないように見える。驚異的な回復の速さは、彼女自身の素養か、それとも神樹の恵みか。

「体がなまってるかもしれないから、学校に戻ったら鍛え直さないとね！」

そう言いながら、友奈は拳法の型をやってみせる。

彼女の元気の良さに若葉は苦笑した。

「無理はしないようにな、治ったばかりなんだから。さて……」

友奈と話をしようと思って来てみたものの、何を話すか考えてはいなかった。

趣味の話？

格闘技の話？

好きな食べ物の話？

いまいち決め手に欠ける気がする。

「……友奈、何かしてほしいことはないか？」

苦し紛れに、友奈にそう振ってみた。

「え？　どうしたの、急に？」

「あ～、えっと、退院祝いに何か一つ、言うことを聞いてやろうと思ったんだ！　なんでもいいぞ」

「うーん……だったら……耳かきをさせてほしいな」

友奈は若葉の耳にそっと触れながら、そう言った。

「耳かき？」

「うん！　ひなちゃんから『若葉ちゃんは耳かきに弱い』って聞いたから。いつも耳かきをしてあげると、ふにゃふにゃになっちゃうって」

「…………」

ひなため、余計なことを――と思ったが、別に耳かきをされるくらい、たいしたことではない。何か話をするきっかけになるかもしれない。

「いいぞ、それくらいなら」

「やった！　じゃあ、ベッドの上に寝ちゃって」

友奈に膝枕をされながら、若葉は横になる。

「それじゃあ、始めまーす」

「ああ」

友奈の持った綿棒が若葉の耳の中に入ってくる。

（さて、何か友奈と話してみたい話題を……）

若葉がそう思った時。

「!?」

体中の神経を解きほぐされるような心地よさが、若葉の全身を包んだ。友奈は上機嫌に鼻歌を歌いながら耳かきをしているだけだが――その技術はひなたにも劣らないのではないか。

「……っ！」

話題を探し――ている場合ではなかった。


各々の想いが交錯する中、勇者たちはそれぞれの時間を過ごす。

神託により示されたのは、人類の終末戦争の中で、後に『丸亀城の戦い』と呼ばれる激戦。

希望の光を守るために少女たちは命を賭す――


（8話完）

乃木若葉は勇者である

Nogi Wakaba
wa YUSHA
de aru

乃木若葉は
勇者である

Nogi Wakaba
wa YUSHA
de aru

大赦書史部・巫女様
検閲済

気づいたことがある。

やっこさんたち、どんどん進化していく。

まぁ、タマも進化していくから問題ない。

心技体。すべてにおいてタマは成長している。

数年後のタマのしなやかさに、

皆がぶっタマげると予言しておく。

でもさ、そもそもやっこさんたちが出てきたのって、

神樹様とは[illegible]のせいだったりするのかな？

勇者御記　二〇一九年二月

土居球子記

第九話
―光華―
vol.9
Planning and configuration by Takahiro
Writing by Akashiro Aoi
illustration by Bunbun
Vertex Design by D.K&JW WORKS
Supervision by Project 2H

空を埋め尽くす無数の星々。

星の数は、かつて誰も見たことがないほど多い。

星々のいくつかは重なり合い、より輝きを増していく。

それらは流星のように墜ちて。

大地を蝕《むしば》み、壊していく——

——それが、上里ひなたが神樹から受けた神託のすべて。

意味するものはバーテックスの総攻撃。

そしてもう一つ、大社が気にかけていることがあった。

輝きを増していく星……それがバーテックスの進化体を意味するなら。

彼らはどこまで強化されるのか。

無作為に大型化しているだけなのか、それとも目指すべき『形』があるのか。

そして予言された侵攻が起こったのは、神託から半月も経たない頃だった。


樹海化によって一変した風景を見下ろしながら、勇者たちは丸亀城の城郭に立っていた。

瀬戸内海の向こうから、バーテックスの群れが迫ってくるのが見える。

若葉はスマホのマップを使い、侵入してきた敵の数を目算で確かめようとする。しかし、もはやマップ全体を埋め尽くすほどの量だったため不可能だった。千や二千といったレベルではないだろう。

「比喩ではなく、『無数』ということだな……」

険しい表情で若葉がつぶやく。

前回よりも厳しい戦いになる——分かっていたことだが、いざその状況を前にすると、不安を感じないわけはなかった。

そんな若葉の額を、友奈が指でつついた。

「若葉ちゃん、眉間に皺が寄ってるよ！　そんな恐い顔しなくても大丈夫。私たちは絶対に勝てるから」

「……そうだな」

友奈の笑顔のお陰で、若葉は肩の力を抜くことができた。リーダーである自分が不安を露わにして、周りを不安にさせてどうする？

「そうだ、みんなでアレやろうよ！」

「アレ？」

友奈の言葉に、球子が首を傾げる。

「みんなで肩を組んで丸くなって、『行くぞー！』ってやる奴！」

「円陣ですね。そういえば、勇者になる前の学校では、球技大会なんかでやってるチームがありました」

「……いいかもしれないな」

若葉、友奈、球子、杏が肩を組んで円陣になった。

千景はどうすべきか迷うように、視線を彷徨《さまよ》わせる。

「ほら、ぐんちゃんも！」

友奈が千景に手を差し出した。

「……うん」

千景は戸惑いながらその手を取った。友奈が彼女を円陣の中に引き入れる。

そしてリーダーである若葉が声をあげた。

「四国以外にも人類が生き残っている可能性——希望は見つかった。希望がある以上、私たちは負けるわけにはいかない。この戦いも、必ず四国を守り抜くぞ！ファイト、」

「「「「オーッ!!」」」」

勇者たち五人の声が合わさる。

今回の総攻撃に当たり、杏が考えた作戦は、陣形《フォーメーション》を使うことだった。勇者たち五人を決められた場所に配置し、役割を分担してバーテックスを迎撃するのだ。

迎撃の中心とする場所は丸亀城。丸亀城周辺は樹海化中も、まだ完全には植物に覆われておらず、見通しが良いためだ。

丸亀城の正面・東・西にそれぞれ一人ずつ勇者が立ち、その後方に杏が待機。残った一人は休憩しておく。

前方の三人が襲撃してくるバーテックスを倒していき、討ち漏らした敵は遠距離攻撃に秀でた杏が仕留める。

そして前方の三人の中で、疲労が見えてきた者は、休憩中の一人と交代する。

敵の多さから、今回は戦いが長引くのは間違いない。しかし休憩を挟んだローテーションで戦えば、長期戦にも対応できる。

また、切り札は疲労が激しいため、できる限り使わないことにする。

「丸亀城の正面には私が立つ」

　円陣を組んだ後、そう言ったのは若葉だった。

「正面はバーテックスの群れの中心だから、きっと一番大変だよ……いいの？」

　心配そうな友奈に、若葉は凛とした口調で言い切った。

「だからこそ、私がやらねばならない」

「……なぜ？　より多くのバーテックスを……仕留めたいから……？」

　心の中を覗くように、ジッと千景が若葉を見つめる。

　若葉はそんな千景の視線に、薄く笑って返す。

「違う。リーダーとしての責務――そして何よりも、この四国の人々を守るためだ」

　彼女の答えを聞き、仲間たちは表情を緩めた。千景だけは、まだ少し納得していないようだったが。

「分かったよ。そんじゃ、正面は頼むぜ、リーダー！」

「無理はしないでね、若葉ちゃん！」

　球子と友奈が若葉の肩を叩く。

「では、正面は若葉さん、東側は友奈さん、西側はタマっち先輩。千景さんは一時待機。始めましょう！」

　指揮官役も兼ねる杏の声と同時に、少女たちはそれぞれ自分の配置に向かって跳躍した。

　若葉は丸亀城のちょうど正面にある、丸亀市役所の屋上に降り立った。雲霞のように押し寄せてくるバーテックスたちは、既に海を越えて間近に迫っている。若葉は敵の集団の中心と、真っ向から激突することになる。

「さながら、ここは『乃木丸』といったところか……絶対に抜かせん」

　バーテックスの群れを見据え、刀の柄に手をかける。

だが、その瞬間――

　足に何かがまとわりつく感覚があった。若葉は足下を見下ろす。無数の黒い人型の影が、若葉の足首を握りしめていた。人影は怒りと憎悪に顔を歪め、若葉を見つめている。

「……！」

　若葉の体が強張る。

　この影は、若葉を怒りへ駆り立てる過去そのもの

──

「若葉ちゃ──んっ！」

その時、若葉の意識をすくい上げるように大声が響いた。振り向くと、右手側の建物の屋上から、友奈が力の限りに叫んでいた。

「落ち着いて行こおおおおっ‼　頑張って、リーダァ──ッ‼」

「……ああ、任せておけ‼」

若葉は友奈に叫び返す。

その時にはもう、彼女の足下にまとわりついていた黒い影は消えていた。

バーテックスの群れの先端が、市役所の建物に接近する。

同時に、若葉は刀を抜いた。

若葉が襲撃してきたバーテックスたちを次々に斬っていく──その姿は、東側の友奈からも見えていた。

「よーし！　私もめっちゃ頑張る！」

友奈も拳を構え、バーテックスに立ち向かう。

西の方では──

旋刃盤を投擲《とうてき》し、球子がバーテックスを次々に屠《ほふ》っていく。

「絶好調っ！　若葉に負けてタマるかーっ！」

正面と左右からバーテックスに立ち向かう。こうしておけば、前回の戦いのように誰か一人がバーテックスの集団に取り囲まれる、という事態は起こりにくくなる。

三人の戦いを丸亀城郭から見ながら、杏はホッと胸を撫で下ろしていた。バーテックスとの戦闘は事前にシミュレーションができないため、作戦がうまく行くという保証はどこにもなかった。しかし、今のところは成功している。

「アンちゃん！　ごめん、一匹そっちに行ったよ！」

友奈の声が響く。

「任せてください！」

杏はクロスボウを構え、友奈が討ち漏らしたバーテックスに矢を放つ。大量の敵を同時に相手にするのは得意ではないが、攻撃範囲の広さと一匹一匹を確実に

仕留める精密射撃が杏の強みだ。前線の三人の猛攻を逃れたバーテックスを、着実に討ち取っていった。

　また後方にいるがゆえに、杏は戦況を俯瞰《ふかん》的に見ることができる。

「タマっち先輩、地面スレスレの下方から迫る一群がいます！　旋刃盤なら届く距離です！」

「りょーかいっ！　任せタマえ！」

「友奈さん、やや突出しすぎています！　少しだけ後ろに下がってください！」

「分かった！」

　状況を見つつ、杏は時々前線の三人へ指示を出す。

　ほんの少し臆病なところがある杏だが、そんな彼女だからこそ、状況をよく観察して的確に判断することができる。弱点だと思っていた自分の性格が、こんなふうに役に立つとは思ってもみなかった。杏は心の中で、自分の臆病さに感謝する。

　たった四人の勇者たちは、前回よりも敵の数が多いにも関わらず、完全に優勢を保っていた。

　そんな彼女たちを見ながら、杏と同じく城郭にいる千景は、焦りを抱えていた。

（こんなところで……ジッとしているなんて……）

　戦わない勇者に価値などない。

　千景は自分の武器である大鎌を、強く握りしめた。

（私は……一匹でも多く、バーテックスを殺さないと……いけないのに……）

「千景さん」

　彼女の思考を遮るように、杏が声をかける。

「焦ることないですよ、この戦い方は一人でも欠けたら成り立ちません。すぐに千景さんが必要になります」

「……必要……」

　その言葉を聞いて、少しだけ千景の気持ちは落ち着いた。

（そうね……あの乃木さんでさえ、みんなと足並みを揃えて戦ってる……。私が自分勝手なことをすれば……以前のあの子と何も変わらない）

　千景は一度深呼吸をして、杏に答えた。

「大丈夫よ……伊予島さん。焦ってなんかいないわ……。さっきのは、戦いへの意気込みで緊張してただけ……」

　自分の役割を忘れてはならない。疲労が見えてきた者と交代した後、確実にバーテックスたちを仕留めることだ。前線で戦っている者たちの努力を、無にしないように。

　半時間ほど経過した頃だろうか。

　初めに動きが鈍り始めたのは、バーテックスの群れの真正面で戦っていた若葉だった。恐らく杏以外であれば気づかないほど、ほんのわずかな鈍り方だったが、彼女はそれを見逃さなかった。

「若葉さん！　交代です、撤退してください！」

　城郭から呼びかけてくる杏に、若葉は刀を振るいながら、

「まだ戦え――」

　戦えると答えようとして、考え直す。

　今回は長期戦になる。ここで疲労が大きくなれば、後で支障が出るかもしれない。自分の意地や勝手な考えで、チームワークを崩してはいけない。

　そして何より、若葉は杏の判断を信じることにした。

「分かった！　千景、交代してくれ！」

「任せて……」

　声は若葉のすぐ背後から。

　既に千景は市役所の屋上に移動して来ていた。

「もし……交代を渋るようだったら……叩いてでも下がらせるところだったわ……」

「千景とゲームの協力プレーをした時に、学ばせてもらったからな。出る時は出る、下がる時は下がる……だろう？」

　若葉は千景の前に軽く手を出す。千景はぎこちなく、若葉の手に自分の手を合わせ、ハイタッチをする。

「後は頼んだ、千景」

「ゆっくり……休んでなさい……」

　若葉は丸亀城の方へ向かって跳躍し、千景は大鎌を構えてバーテックスの群れに対峙する。

「さて……鏖殺《おうさつ》してあげるわ……」

　千景は前線へ出る前に、杏に言った――「できるだけ友奈を援護してあげて」と。

　友奈は武器が拳であるため、一匹を倒すためにも間

近で格闘する必要があり、本来は集団戦には向いていないのだ。友奈の力だけに頼っていては、防御網が崩れる可能性がある。

杏は城郭から動くことはできないが、彼女のクロスボウであれば友奈を遠くから援護できる。

だから杏は、前線を抜け出てきたバーテックスの処理に加え、友奈の援護射撃も行う。

友奈に背後から食らいつこうとしていたバーテックスの一体を、杏の矢が射抜いた。

「ありがとー！」

拳を振るって目の前のバーテックスを倒しながら、友奈が叫ぶ。

ほとんど同時に、西側の球子からも声が響いた。

「あんずーっ！　そのまま友奈を援護してやってくれっ！　こっちはタマ一人で大丈夫だからっ！」

「分かりましたー！」

杏がフォローすることで、友奈は二人で戦っているのと同じ状況になる。彼女の負担はかなり減るはずだ。

「迷惑かけてごめん！　助かってるよ、アンちゃん！」

友奈の言葉に、杏も精一杯の声で返す。

「こちらこそ！　友奈さんや前線のみんなの姿を見ているから、私も戦う勇気を持てるんです!!」

（友奈を援護しろ、か……強がり言っちゃったな、まったくっ！）

球子はそう思いながら、旋刃盤を振るう。

彼女の武器は攻撃範囲が広く、友奈の拳に比べれば対集団に向いているが、敵の数の多さを考えれば、決して余裕はない。

だが、杏に友奈を助けるよう言った以上、自分が防衛線を崩すわけにはいかない。

球子の旋刃盤が風を切り、周囲のバーテックスを蹴散らしていく。

丸亀城城郭に戻り、若葉は次の出陣に備えて休憩していた。

城郭からは、他の勇者たちの戦う姿が見える。

小さな体で果敢に旋刃盤を振るう球子。リーチの不利を補って懸命に戦う友奈。若葉に替わり最も敵の攻撃が熾烈な正面に立つ千景。防衛戦の最終ラインとい

う重責を果たす杏。

　そんな仲間たちを見ながら、若葉の心は震えていた。

（見ろ、乃木若葉……お前の仲間たちは、こんなにも頼りになる奴らだ。私のすぐ側に、ずっと彼女たちはいてくれたんだ）

　若葉は刀を地面に突き立て、その柄を握りしめる。

　喜ぶのは勝負に勝ってからだ。

　バーテックスの数はあまりに多く、未だに一瞬の油断もできない状況なのだから。

　待機中の若葉にできることは、前線に出る時に備え、仲間を信じて体を休めることだ。

　やがて、杏のサポートもなく戦い続けていた球子に、疲労の色が見え始める。

「若葉さん、タマっち先輩と交代で！　お願いします！」

「よし！」

　杏の指示を受け、若葉は球子がいる場所へと跳躍する。

「球子、交代だ！」

「若葉……見たか、タマ一人でここの防御を保ったぞ。すごいだろっ！」

　球子は得意げに言う。

「ああ、すごいぞ……後は任せて休んでいろ」

「そうする……さすがにちょっと疲れた」

　苦笑しながら、後ろに下がる球子。

　若葉は球子とハイタッチを交わし、前に出る。

　直後、若葉の目の前にバーテックスの白い巨体が迫る。彼女は鞘から抜刀し、鋭い一閃で敵を両断した。

　その姿を見て、球子は口元に笑みを浮かべる。

「なぁ、若葉っ！　お前が後ろで待機してた時、タマはすっごく安心感があったんだ。若葉がいてくれるから、もしタマが倒れても大丈夫だって。今だって、若葉が交代してくれるんだったら心配ないって、安心して休めるんだ」

　強さとは、戦う力だけではない。

　ただみんなの後ろに立っているだけで、仲間たちに安心感を与える——それもまた強さなのだ、と。球子はこの戦いの中で、そう感じていた。

「お前が倒れることなど絶対にない。私がそんなことはさせないからな」

刀を振るってバーテックスを次々に斬りながら、若葉は答える。

彼女らしいその答えに、球子は苦笑した。

「はは、そうだな。ありがとな、若葉。じゃ、後は任せたっ！」

球子は丸亀城城郭の方へ跳躍して去っていく。

若葉は球子の信頼を背中に受けながら、刀を振るい続ける。

樹海化が始まってから、勇者たちの体感時間で三時間ほど——

交代で休みながら戦い、彼女たちはほぼ無傷でバーテックスを圧倒し続けていた。

しかし若葉たちは全員、このまま自分たちが最後まで優勢で終わるとは思っていなかった。

まだ敵は全力を出していない。それが若葉たちには分かっていた。

やがて、敵の動きに変化が起こる。バーテックスたちが一箇所に集まり、融合していく。

「注意してください！　進化体を形成し始めました！」

城郭から杏が叫ぶ。

バーテックスたちも、ついに本気を出してきたようだ。

数十から百以上ものバーテックスが集合し融合し大型化し、今までとはまったく異なる形状に変化していく。出来上がった進化体バーテックスは、巨大な蛇のような姿をしていた。

前線に出ている勇者は、東側が若葉、中央が友奈、西側が千景。

蛇型のバーテックスはまずは若葉に襲いかかる。

だが、若葉は冷静だった。バーテックスの進化体も、今まで何度だって見てきたのだ。もう取り乱したりはしない。

若葉は呼吸を整え、敵を待ち構える。凄まじい勢いで迫る巨体の突撃を最小限の動きで避け、同時に鞘から刀を抜き放った。蛇型バーテックスの長い胴が、真っ二つに切断される。

鮮やかな一撃に、勇者たち全員が息を飲む。

しかし、杏だけはすぐに気づいた——斬られた蛇は、

死んでいない。

「若葉さん！　まだ！」

　杏の声にハッとして、ほとんど反射的に若葉は後方へ跳躍する。切断された蛇は、二体の別個の蛇と化し、左右から若葉に襲いかかった。若葉の反応が一瞬遅れていれば、彼女の体は二匹の蛇に食いちぎられていただろう。

　後方へ跳ぶ際、若葉はお返しとばかりに左の蛇の首を斬り落とした。しかし首を落とされても、分かれた首と胴の両方がまた蛇の形になって活動を続ける。分裂した蛇は小さくなるわけではなく、周囲の通常個体のバーテックスを吸収してすぐに元の大きさを取り戻す。

　バーテックスは三体の巨大な蛇となって、若葉を攻撃し続ける。

「斬れば敵を増やすだけか……！」

　若葉は右手に刀、左手に鞘の二刀流に持ち替え、鞘の打撃で蛇型バーテックスを牽制しつつ、刀で他の通常個体を倒していく。

　しかし鞘での打撃くらいでは、進化体バーテックスにまったくダメージを与えられない。

　恐らくこの蛇は、全身を一度に損傷させなければ、活動停止にはできないのだろう。

　だが、勇者たち五人は誰も、これほど巨大な敵全身を攻撃できるような武器は持っていない。

「よし……タマの出番だなっ！」

　城郭にて休憩中だった球子が立ち上がる。防衛線が壊れようとしているのだ、今は休んでいる場合ではない。

　蛇型バーテックス相手に苦戦している若葉へ、球子が大声で呼びかける。

「若葉ぁ！　切り札を使うぞっ!!」

「!?　待て、球子！　それなら――」

「いいや、待たない。それなら自分が使うとか言うのも無しっ！　タマにはタマにも活躍させろっ！」

　球子は目を閉じ、自分の体内に宿る神樹の力を感じ取る。神樹と自らの繋がりを意識し、それを媒介として、神樹の持つ概念的記録にアクセス。そこに宿る『精霊』の力を引っ張り出す。

　球子が引き出してきたものは――輪入道。

直後、球子の旋刃盤の形状が変化していく。

「え!? ちょっとタマっち先輩、それ大きすぎない!?」

杏が驚くのも無理はなかった。旋刃盤は球子の身長の何倍もの大きさに巨大化してしまったのだ。

「それじゃ投げられないんじゃ……」

「いいや、投げるっ！ 根性で投げるっ！ 見てろ、あ〜ん〜ず〜〜〜っ！」

旋刃盤を両手で掴み、まるでハンマー投げのようにグルグルと球子は回転する。回りながら旋刃盤のワイヤーを伸ばしていき、次第に回転半径を大きくしていく。

「ううううおおおおお〜〜〜りゃああ!!」

そして充分に遠心力がついたところで、巨大旋刃盤はワイヤーから外れて飛んでいってしまった。

「ちょっ!? ええっ、ワイヤー千切れて飛んでっちゃったよ!?」

「ふぅ……大丈夫だ、これがあの武器の使い方なんだ」

今の旋刃盤は、一度飛び始めれば、ワイヤーを使って操作しなくても球子の意のままに動く。

巨大旋刃盤は外縁部の刃を凄まじい速さで回転させながら、蛇型バーテックスへと飛行していく。しかもその刃は炎に包まれていた。

燃え盛る旋刃盤は、刀を振るって戦う若葉のすぐ横を掠めるようにして通過し、蛇型バーテックスに襲いかかる。そして蛇型の全身を一気に引き裂いた。それだけに留まらず、引き裂いた敵を容赦なく炎で焼き尽くす。

さらに旋刃盤は意志を持った生き物のように空中で旋回し、他の二体の蛇も引き裂き、燃やし尽くしてしまった。

「……す、すごいな……」

凶悪なまでの攻撃力に、若葉は目を見張る。

丸亀城城郭にいる球子が、若葉に向けてグッと親指を立てた。

若葉も口元に笑みを浮かべ、親指を立てて返す。

（もし球子のコントロールが悪かったら、私もただでは済まなかったな）

若葉は心の中で苦笑する。

旋刃盤の威力もすごいが、近くで戦っている若葉の動きを読んで、的確にバーテックスだけを攻撃する球

子のコントロールも絶妙だ。
蛇を瞬く間に片付けてしまった火炎旋刃盤は、他の通常個体バーテックスをも容赦なく餌食にしていく。群れの中で暴れ回る火炎車に為す術もなく、バーテックスの数はみるみる減っていった。

だが、そのまますべてのバーテックスを焼き尽くす……というわけにはいかなかった。

「……っ！」

突然、崩れ落ちるように球子は地面に膝をつく。

「タマっち先輩!?」

杏が駆け寄って体を支えた。球子の顔色が少し悪くなっている。

「だ、大丈夫……ちょっとクラっと来ただけだ」

「でも……！」

前線で戦っている若葉からも、声が響く。

「球子、大丈夫か!?　やはり精霊の力は体に負担が大きすぎる！」

「いいや、若葉……そんなこと言ってる場合じゃないみたいだぞ……前を見ろっ！」

「!?」

若葉はバーテックスの群れへと目を向ける——

蛇型を殺され、球子の火炎旋刃盤に為す術もなく蹂躙されていたバーテックスたちが、再び集合し始めていた。蛇型ができた時よりもはるかに多い数の個体が、融合していく。

「大きい……！」

バーテックスは、建物の屋上に立つ若葉からも見上げるような巨体になろうとしていた。丸亀城と同じか、あるいはそれさえも凌駕するサイズかもしれない。

球子の輪入道の力でも倒せないよう、自らを巨大化させることで対抗してきたのだろう。

四国に侵攻してきたバーテックスの、ほぼすべてが一体にまとまろうとしている。敵にとっても最後の手段なのだ。

「若葉ちゃん！　あんな大きくなったら、どうにもできないよ！」

焦る友奈の声を聞きつつも、若葉は静かにバーテックスの動きを観察していた。

敵をよく見ることは、武道において重要なことだ。

幼い頃からそれを体に仕込まれてきた若葉は、この緊急事態においても敵を見ることを忘れなかった。

（あれだけの巨体を急ごしらえで作れば、どこかに綻びがあるはずだ……）

集合する通常個体バーテックスの動き——

形成されていく巨体の全身のバランス——

（……見えた）

若葉は形成途中の巨体バーテックスの中で、脆弱な箇所を複数見つけ出した。そして他の勇者たちへ叫ぶ。

「こいつの身体には、まだ脆《もろ》い部分がいくつかある！　奴の身体が完成する前にそれを叩けば、倒せるかもしれない！」

「脆い部分？　けど……！」

友奈にも敵の脆弱部は見えたのだろう。しかし、それは数百から数千ものバーテックスが集まっている中心だ。簡単には近づくことさえできない。

「タマの輪入道なら……行ける！」

球子はフラつく体で、自分の近くに戻した旋刃盤に飛び乗った。輪入道の力をまとったこの旋刃盤であれば、通常個体バーテックスを倒しながら、融合する巨体に近づくことができる。

球子の旋刃盤が巨体バーテックスへ向かって飛行する——

「タマっち先輩、私も行くよ！」

その時、杏も旋刃盤に飛び乗った。

今まで指揮官役として丸亀城城郭に留まっていた彼女だが、最後の攻防となる今、バーテックスも勇者も総力戦となる。ならば自分も前線で戦うべきと判断したのだ。

さらに球子の旋刃盤に乗り込んだのは、杏だけではなかった。

「タマちゃんやアンちゃんだけに危ないことさせられないよ！」

「一和同心。共に行かせてもらうぞ」

友奈と若葉。

「あの巨体は……私が倒す」

そして千景も。

勇者たち全員が旋刃盤に飛び乗っていた。

旋刃盤の上に集まった仲間たちに、球子は一瞬キョトンとして——やがて笑みを浮かべた。

「よし、じゃあみんなで行くかっ！」

形成途中の巨体バーテックスは、下腹部から砲弾のようなものを次々に放ち、若葉たちの接近を妨げようとする。

球子は輪入道をうまく操縦し、それらをすべて回避していく。肉体の疲労は限界に来ているが、球子は気合いで意識を保っていた。

（ありがとう……友奈。球子。杏。千景）

彼女たちがいてくれることに、若葉は心の中で感謝した。

自分の隣に仲間がいて、一緒に戦ってくれる。それがどれほど、若葉にとって心強いか。

巨体バーテックスの脆弱な箇所は複数ある。若葉一人でそれらすべてを破壊するのは困難だっただろう。

だが――仲間たちと共にであれば、可能となる。

「球子は前方正面！　杏は右上方二時の方向！　友奈は下方五時の方向！　千景は左斜め後方！　私は上方を叩く！」

若葉と友奈以外の三人も、ある程度の場所を伝えられれば、敵の脆弱な部分を見つけることができた。

「行くぞ！」

若葉の声を合図に四人が旋刃盤から跳躍し、球子は旋刃盤に乗ったまま、それぞれ融合体の脆弱な箇所へ突っ込んでいく。

しかし――

バーテックスも弱点を狙われることは予想していたのだろう、脆弱部を守るように通常個体たちが集まり、勇者たちを取り囲んでしまった。これでは巨体バーテックスの脆弱部を攻撃できないどころか、逆に集中攻撃を喰らってしまう。

（まずい……！）

その状況に、若葉は焦りを感じる。こちらの動きを完全に逆手に取られた。

仲間たちは窮地に陥り、超巨体バーテックスは融合を終えて完成しようとしている。

（迷っている時間は――ない！）

仲間たちを守るために。

この地に住む人々を傷つけさせないために。

若葉は今、切り札を使う。

神樹の持つ概念的記録にアクセスし、そこから精霊の力を引き出し——次の瞬間、若葉の身に新たな力が宿る。

「おおおおお!!」

若葉は近くを飛んでいる通常個体バーテックスの一体を蹴り、さらに跳躍した先でまた別の通常個体を蹴って跳ぶ。それを繰り返し、本来は空を飛ぶことができない勇者が、空中を凄まじい速さで移動していた。

彼女が神樹から引き出した精霊は——源義経。人間離れした体術を持つ武人。

義経はある時、海に浮かぶ舟から舟へと跳躍を繰り返し、飛ぶように移動したという。その技は八艘飛《はっそう》びと呼ばれている。

八艘飛びにより空中における桁外れの機動力を得た今の若葉は、危機に陥った仲間のもとへ一瞬で駆けつけることができる。

重力など存在しないかのように、空中を自在に飛び回る若葉。他の勇者たちを取り囲んでいた通常個体バーテックスを、次々に斬っていく。八艘飛びを繰り返せば繰り返すほど、彼女の速度は上がっていった。もはや常人では目で追うことさえ不可能な領域に達する。

若葉の八艘飛びと斬撃により、勇者たちの行動を妨げていた通常個体バーテックスは、瞬く間に数を減らしていく。

「サンキュー若葉、これで行ける!」

「撃ち抜けます!」

「今度こそ——勇者パァンチ!」

「もう、邪魔は……ない」

妨害する通常個体を若葉が倒している間に、四人の勇者たちは巨体の脆弱部を次々に攻撃していき……そのすべてを破壊した。

形成途中の綻びを抉られた進化体バーテックスは、巨体を崩壊させ、奇妙な悲鳴をあげながら消滅していく。

巨体のバーテックスが消滅する姿を見ながら、若葉は空から真っ逆さまに落ちていく。

(体が……動かない……)

切り札を使った反動が出ているのだろう。

「若葉ちゃあああああんっ!!」

落ちていく中、若葉の耳に友奈の声が響いた気がした。

そして——

後世に『丸亀城の戦い』と呼ばれる激戦は趨勢《すうせい》を決した。

前例のない大規模な進化体バーテックスは、形成途中で崩壊。

侵攻してきたバーテックスのほとんどを使った融合であったため、残った通常個体バーテックスを掃討するのは、残された四人の勇者だけで容易だった。

樹海化が解け、四国が元の風景を取り戻した後。

丸亀城の敷地内にある、桜の木々が植えられているあたりを、ひなたは早足で歩いていた。

彼女は何かを探すように、周囲をキョロキョロと見回している。

丸亀城は桜の名所としても有名で、今は枯れている木々も、春になればたくさんの花を咲かせるだろう。

そして桜の木の下に、一人の少女が倒れていた。

「やっと見つけました……起きてください、若葉ちゃん」

ひなたは少女に声をかける。

彼女はゆっくりと目を開けた。

「ひな、た……？」

勇者の装束は消え、若葉はいつもの制服姿に戻っていた。

ひなたは微笑む。

「良かった、若葉ちゃんが無事で……」

神樹の神託で、若葉が生きていることと、丸亀城敷地内にいることを知り、ひなたは彼女を探しに来たのだ。

若葉はまだ虚ろな表情で、倒れたまま尋ねる。

「終わった、のか……？」

「はい。私たちの勝利です。若葉ちゃんとみんなのお陰で、人々は守られました。勇者側の被害はゼロ……みんな、無事です」

「そうか……」

若葉は微笑み、そして身を起こした。

「……少しだけ、夢を見ていた」

夢の中の若葉は小学生だった。

彼女の前には、バーテックス襲撃の日に殺されたクラスメイトの少女たちが立っていた。

若葉は訴えるように言う。「本当はバーテックスだけでなく、私も報いを受けるべきなんだ……お前たちを守れず、自分だけ生き残ってしまった罪の報いを」

けれど彼女たちは首を横に振って、若葉に微笑んだ。

「私たちの家族はね、四国にいるの」「若葉ちゃんが戦ってくれたお陰で、私たちのお父さんとお母さんは生きてる」「だから若葉ちゃんは、もう報いを受けてるんだよ」

危険を冒してバーテックスと戦い、この地と人々を守り続けること。それが——友人たちを守れず、自分は生き残ってしまった罪に対して、若葉が受けている報いなのだ。

若葉は涙を堪えながら、精一杯の笑顔を作って言った。「だったら、ずっと……ずっとこの地に生きる人々を守り続けよう。何事にも報いを……それが乃木の生き様だから」

「どんな夢を見ていたんですか？」

ひなたが優しく尋ねてくる。

若葉は立ち上がって、どこかさっぱりした顔で答えた。

「優しくて……厳しい……そんな夢だった」

その時、聞き覚えのある騒がしい声が聞こえて来る。

「あ、いたぞっ！」

「良かった、元気そうですよ！」

「あの子が……そう簡単に死ぬわけがないわ……」

「若葉ちゃん！　私たち、勝ったんだよ！」

若葉が振り返ると、駆け寄ってくる仲間たちの姿がそこにあった。

（9話完）

乃木若葉は
勇者である

Nogi Wakaba
wa YUSHA
de aru

大赦書史部・巫女様
検閲済

みんなでお出かけをします。

いわば、「勇者部」という部活の修学旅行、です。

どうか楽しい旅でありますように。

悪いことが起きませんように。

生き延びた人たちとの出会いがありますように。

ルートは[redacted]半島は避けるようにとのことでした。

勇者御記　二〇一九年三月

伊予島杏記

vol.10
Planning and configuration by Takahiro
Writing by Akashiro Aoi
illustration by Bunbun
Vertex Design by D.K&JWWORKS
Supervision by Project 2H
第十話
—根雪—

若葉たち勇者五人と、巫女のひなたは、瀬戸大橋記念公園に立っていた。

　勇者たちはバーテックスと戦う際の変身姿。ひなたも巫女服だ。彼女たちが背負っている荷物の中には、食料、キャンプ用具、着替えの服、医薬品、水質地質調査のサンプル採取器具などが入っていた。

「にしてもさ、四国の外に出るのって何年ぶりだろ」

　球子の口調と表情からは、遠足に出かける子供のように、楽しげな雰囲気がにじみ出ている。

「私、バーテックスが出てきた時に本州から移って来たから、三年半ぶりくらいだよ！」

「あんまり遠出とかしなかったので、私は四国を出るの初めてです」

「私も……そうね……」

「タマは四年ぶりくらいだな～。家族で広島に行った時以来だ」

　みんなでワイワイと話す。

　これから若葉たちは、結界の外へ調査遠征に出かけることになっていた。

　四国から出発し、白鳥が守っていた諏訪や、人類生存の可能性が見い出された北方を目指す。ヘリや船を使った移送は、バーテックスを引き寄せるかもしれないので、移動手段は徒歩のみだ。

　しかし勇者たちは問題ないが、ひなたの身体能力は普通の人間と変わらない。そのため、他の勇者たちが彼女を背負って移動することになっていた。

「すみません、皆さん」

　申し訳なさそうに言うひなたに、友奈は明るく答える。

「気にすることないよ、いつもヒナちゃんには、私たちができない巫女のお仕事をやってもらってるんだから！」

「ありがとうございます、友奈さん」

　友奈の言葉に、ひなたは微笑む。

「それじゃ、最初は誰がひなたを背負ってくか、ジャンケンで決め――」

　球子がそう言っている横で、若葉がスッとひなたを抱きかかえた。

「では、行くか」

「「「「…………」」」」

ごく自然にひなたを抱えた若葉に、他の勇者たちは一瞬呆気に取られる。

「しかも背負うっていうか、お姫様だっこですし……」

「なんか、見てるこっちが照れるっ！」

杏と球子は頬を赤くする。

「……？　何かおかしいか？」

周りの反応の意味がわからず、若葉は怪訝そうな顔を浮かべた。

「まぁ……あなたがおかしいと思わないなら、いいんじゃないかしら……」

「お姫様と王子様みたいだね！」

やや呆れた表情の千景と、感心したように目を輝かせる友奈。

ひなたは照れたような笑みを浮かべ、若葉はやはりきょとんとしていた。

「じゃあ、若葉ちゃんの荷物は私たちで持つね！」

「そうだなっ！」

若葉用の荷物を、他のみんなでそれぞれ分担する。

「よーし！　それじゃあ勇者、しゅっぱ〜つ！」

友奈の掛け声を合図に、彼女たちは記念公園から跳躍した。

瀬戸大橋を通って本州へと向かう。

移動しながら、若葉はバーテックス総攻撃の日から今までに起こったことを思い出していた――

二月に起こった大侵攻の後、巫女の神託により、四国の平穏はしばし保たれると告げられた。前回の総攻撃で、バーテックス側も戦力の大半を失ってしまったのだろうというのが、大社の推測である。

敵の攻撃が沈静化している今なら、勇者たちが四国を離れることも可能となる。そこで大社は、四国外の地域を調査できないかと検討を始めた。北方の大地と南西の諸島で人類生存の可能性が見つかったことも、理由としては大きい。

調査任務を行うにあたり、瀬戸内海にある結界外の小島で実験が行われ、いくつかの事実が判明した。

まず第一に、勇者の力は結界の外でも変わりなく使える。

第二に、結界外の大気は充分に清浄である。結界外はバーテックスが持つ毒素やウィルスにより汚染され

ている、という噂が一部で流れていたが、それは完全に誤りだったようだ。むしろバーテックス出現前の二〇一五年よりも、大気の状態は良くなっていた。

　第三に、神の力を織り交ぜた通信により、四国から離れても四国内と連絡を取り合うことは可能である。これはかつて、四国と諏訪の間で行っていた通信技術の応用だ。

　これらの実験結果によって、勇者たちが結界外へ出て調査を行うことは可能である、と大社は判断した。

　また、もしもの時のために、神樹から神託を受け取れる存在として、巫女のひなたも同行することが決まる。

　彼女たちの任務の内容は、四国外の環境状態の調査、および人が生き残っている地域がないかを調べることだ。生存者を探す地域は、諏訪、北方の大地、そして各地の都市。また、各地で水質や地質調査のためのサンプルも採取せねばならず、やることは多い。

　若葉たちは大橋を渡り、瀬戸内海を越えていく。

　任務とはいえ、バーテックスの活動が沈静化していることと、前回の戦いの勝利もあって、勇者たちの気分は明るい。

「タマちゃんのアウトドアグッズがあって良かったね！」

「ふふん、火の起こし方、米の炊き方、なんでも任せタマえ！」

　友奈の言葉に、球子が得意げに答える。

　遠征中、野営地を確保したり、食事を用意したりするのも、彼女たちだけで行わなければならない。球子はアウトドアが趣味のため、野外生活に関する知識が豊富だ。遠征に必要な道具は、すべて球子が用意した。

「まさか、タマっち先輩のアウトドア趣味が役に立つ日が来るなんて……」

「人生は……思いもよらないものね……」

「人生について考えるほどかっ！　タマをバカにしてるだろーっ！」

　賑やかに話しながら進む球子、杏、友奈、千景。

　一方、若葉は抱えているひなたを気づかう。

「怖くないか、ひなた？」

　勇者が跳躍して移動する速度は、車以上だ。若葉たちは既に慣れてしまっているが、ひなたにとってはずっとジェットコースターに乗っているような気分だろう。

しかし、ひなたは若葉の問いに首を横に振る。

「いいえ。だって若葉ちゃんが私を落としたりするはずがありませんから。そうでしょう？」

「……当たり前だ」

若葉は力強く答えた。

だが、瀬戸大橋も終端に来て、岡山が見えると、彼女たちの遠足気分に影が差した。

倉敷市臨海部の工業地帯が、もはや原型を留めないほど破壊されているのだ。

化学物質による大規模な爆発が起こったのか、建造物の多くは内側から吹き飛ばされている。形を残している建物も、熱によって変形した跡が見られた。

若葉たちは、無残な姿を晒す工場群の中に降り立った。

「ひどいな、これ……」

球子が周囲を見回しながら、険しい表情を浮かべる。

人間が築き上げてきたものなど、バーテックスにとってはすべて蹂躙の対象でしかないのだろう。

ひなたは若葉の腕から降り、大社への報告用として、デジカメで工業地帯の様子を撮影する。

「念のために……生き残りがいないか周辺を探そう」

重い口調で若葉が言う。

若葉たちは、工業地帯である臨海部から、倉敷市内で最も人口が多かった平野部までを捜索した。跳躍して上空から様子を見たり、地上を歩き回ってみたりしつつ、人の気配を探す。

「倉敷は、古い時代の景観を残す街としても有名だったはずです……それが、こんな……」

杏が悲しげにつぶやいた。

かつては美しかった街並みも、今は変わり果てている。

そして結局、人を見つけることはできなかった。

バーテックスの姿を見かけることもなかったから、『現在、バーテックスの数が減っている』という大社の予想は当たっているのかもしれない。

倉敷駅まで来た勇者たちは、全員重い表情を浮かべ

ていた。

しかし——彼女たちには、落ち込んで足を止めている時間はない。

「行こう。先はまだ長い」

若葉は再びひなたを抱き上げる。

その後少女たちは予定のルート通り、東方へ移動を始めた。

岡山県を通り過ぎて兵庫県に入る。

「若葉ちゃん。ヒナちゃんを背負うの、交代する？」

四国を出てから、ずっと若葉がひなたを抱えて来たため、友奈が気づかって尋ねる。

「ありがとう。だが、大丈夫だ。他のみんなには私の荷物を持ってもらっているし、それほど疲れてはいない」

「私の体重は、皆さんの荷物一人分くらいしかないということですね」

「いや、それはないな……」

「そこは肯定するところですよ、若葉ちゃん！」

そんなやり取りをしながら、神戸にたどり着く。

若葉たちは、かろうじて形を残しているビルの屋上に降り立った。そこから神戸の全景を一望する。

大都市である神戸も、今はその名残さえ見えない。ビル、民家、道路はほとんどが破壊され、淡路島と神戸を繋ぐ明石海峡大橋も崩れ落ちていた。

「今度は二手に分かれて調査するか」

若葉が提案する。バーテックスに遭遇した場合の危険性は増えるが、調査遠征の期間も無限ではないから、時間短縮のためだ。

「「「「グーとパーで分かれましょ！　ほい！」」」」

グーパージャンケンで、若葉・ひなた・千景と友奈・球子・杏というグループ分けに決まる。三時間後に神戸港のフェリー乗り場近くに集合することに決め、それぞれ別方向へ向かった。

若葉たちは廃墟と化した街並みを歩きながら、生存者の気配を探す。

崩れた建物の瓦礫や横転した車が各所で道を塞ぎ、歩き回るのも困難だった。

どれほど多くの命が、ここで失われたのだろうか。

「生き残っている人は、いないのでしょうか……」

　ポツリとつぶやくひなた。

「ここも全滅したのよ……きっと……」

　倉敷の光景を見た後からずっと言葉少なになっていた千景が、口を開いた。口調にやるせなさと怒りが滲んでいた。

「まだそうと決まったわけじゃない。どこかに避難した人がいる可能性だってある」

　千景は若葉をジロリと見る。気休めを言うなと訴えるように。

　その時、ひなたの声が響いた。

「若葉ちゃん！　千景さん！　あれ……！」

　瓦礫の陰に、白い巨体の化け物——バーテックスが数体、うごめいているのが見えた。

　若葉は刀の柄に手をかけ、ひなたを守るように前に立つ。

　しかしそれよりも早く、千景が大鎌を振り上げ、バーテックスへ飛びかかっていた。

「お前、たちが……っ！」

　怒りのままに鎌を振るい、千景はバーテックスの体を何度も何度も斬り裂く。

「千景……」

　若葉は鬼気迫るその様子に言葉をかけることもできず、ただ彼女が暴れる姿を傍観していた。ひなたも同じだった。

　やがてすべてのバーテックスを殺し終えると、千景はポツリとつぶやく。

「行きましょう……生きている人を、探すんでしょう……？」

　千景は俯いたまま歩き出す。その表情は、若葉からは見えなかった。


　三時間後、若葉たち三人は、待ち合わせ場所のフェリー乗り場へやってきた。

　結局一人も生存者は見つからず、遭遇するものと言えばバーテックスばかりだった。大群ではなかったため、容易に倒せる敵だったが、徒労感が大きい。

　日が暮れる中、三人は何も話す気が起きず、海を見ていた。沿岸部の船はバーテックスに襲撃されたのか、あるものは船体が半ばで折れ、あるものは傾いて水中

に沈んでいる。

「若葉ちゃーん！　ぐんちゃん、ヒナちゃーん！」

　背後から声が聞こえて、若葉が振り返ると、こちらへ駆けてくる友奈の姿があった。球子と杏も一緒にいる。だが、彼女たちの表情は明るくない。

「私たちの方では、生存者は見つけられませんでした。バーテックスとは何度か遭遇しましたが……。若葉さんたちの方は、どうでしたか？」

　重い口調で尋ねる杏に、若葉は首を横に振る。

「こちらも同じだ。それに、今でもバーテックスがうろついているとなると、このあたりに人が残っているとは考えにくいな……」

　若葉は荒れ果てた神戸を見つめた。

　他のみんなも、同じように街並みを見つめながら、押し黙ってしまう。

　やがて、沈黙を破ったのは球子だった。暗い雰囲気を消そうとするように、明るい口調で言う。

「日も暮れてきたし、そろそろ野営する場所を決めないとなっ！」

　球子の意図を察したのだろう、杏も同じように明るく振る舞う。

「そうですね！　お腹も空きましたし！」

　二人の姿を見て、若葉も暗い気分を振り払う。

（リーダーである私が、しっかりしなければ）

　若葉は周囲を見回し、寝泊まりに使えそうな建物がないか探す。

「無事に残っている建物があればいいが……」

「うーん、どれもボロボロで、今にも崩れそう……」

　友奈も同じように周りを見るが、ちょうどいい建物は見当たらない。

　そこで声をあげたのは球子だった。

「いや、待ちタマえっ！　野営するなら、きれいな水があるところでないとダメだ。タマたち、そんなにたくさん水を持ってきてるわけじゃないからさ」

　調査任務の間に必要な水をすべて持っていけば莫大な荷物になってしまうため、水は現地で確保することになっていた。インフラはほぼすべて破壊されており、水道は使えないから、きれいな川の傍などの方が都市部よりも野営には向いているだろう。一応、荷物の中に携帯式の浄水器はあるが、あくまで簡易的なものだから過信することはできない。

球子が腕を組んで、思案しながら言う。

「あと、焚き火をするために木の枝を集めやすいところがいい。ご飯を作るにも火が必要だしなっ！　となると……」

「キャンプだなっ！」

球子が先頭になり、勇者たちは六甲山近くのキャンプ場跡にやって来ていた。既に日は落ち、あたりは暗くなっている。

「というか、タマっち先輩がキャンプしたかっただけなのでは……？」

と杏がジト目を向ける。

「そ、そんなことはないぞっ！　ほら、ここだったら水も確保しやすいしっ！　焚き火のための木枝だってある！」

キャンプ場の近くには川が流れている。山中だから木枝も簡単に集められるだろう。確かに球子の言う通りだった。

若葉たちは、念の為にキャンプ場内をくまなく調べてみた。生存者がいないか、使える道具が残っていないかを確認するためだ。

一度はバーテックスの襲撃を受けたらしく、ロッジや施設は破壊されていた。生存者は見つからない。道具に関しては、ひなたが倉庫の中でキャンプ用のテントを発見した。

「やった！　これでもっとキャンプ感が強まるぞっ！」

球子は目を輝かせながら言う。

「やっぱり、球子さんはキャンプがしたかっただけなのでは……」

「そそそそんなことはないぞ、ひなたっ！　ほら、雰囲気って重要だろっ！」

若葉たちは全員で協力してテントを張り、木枝を集めてきて焚き火を起こした。

夕飯は鍋を使ってお湯を沸かし、四国から持ってきたうどんを茹でる。保存が効く、乾燥麺タイプの讃岐うどんだ。

「タマ、大活躍だなっ！」

鍋を焚き火にかけながら、球子が嬉しそうに言う。

テントを張るにしても、焚き火をするにしても、簡単なように見えて、ちょっとした知識がないと難しい。球子のアドバイスがなければ、どちらもできなかっただろう。

「タマっち先輩が、本当に先輩っぽく見えます……」

「それはど～いう意味だ、あ～ん～ず～？　タマは普段から先輩っぽいだろっ！」

「いたた！　頭をグリグリしないでください！」

うどんをおいしく茹でるには水が重要だが、キャンプ場近くの川を水質検査機で調べたところ、充分にきれいな水だった。

焚き火を囲み、茹で上がったうどんを六人で食べる。

「うん、おいしい！　みんなで食べるうどんは、やっぱり格別だね！」

一口食べて、明るく友奈が言う。

「そうだな。今日はずいぶんとひどい光景ばかり見せられたが……こうしてみんなと一緒にうどんを食べていると、心が安らぐ」

昼間の緊張が自分の体から消えていくのを、若葉は感じる。

今日は、四国の中で見たことのない——非日常的な破壊された世界を見てきた。しかし、みんなと一緒にうどんを食べるこの時間は、四国にいた時と同じ——若葉にとっての大切な日常だった。

「若葉ちゃん、しんみりし過ぎです」

「そうですよ」

ひなたと杏が苦笑しながらも、優しく言う。

「まだ一日目だっ！　明日は大阪に行って、その後はもっと遠くまで行くんだから、きっと無事な地域だってあるっ！」

球子の言葉に、若葉は頷く。

千景は——うどんを食べながら、無言で夜空を見上げていた。

夕飯を食べ終わると、みんなで川に入って汗を流すことにした。

バーテックスが襲ってくる可能性も考えて、念のために見張りは立てておく。見張り役は千景が引き受けてくれ、他の五人は川に入った。

「ううっ、冷たいっ！　これが夏だったら、もっと楽しいのになぁ……こう、水のかけ合いとかしてさっ！」

そう言いつつ、球子は友奈に水をかける。

「うわっ！　何するの、タマちゃん！」

「友奈も水、かけてこい！　せめて気分だけでも、夏のキャンプ気分を味わうんだ！」

「よーし、わかった！　だったら容赦しないよ！」

初春の夜空の下、球子と友奈が水のかけ合いを始めた。

活発派の二人がそうやって遊んでいる一方、若葉、杏、ひなたの穏健派はジッと身じろぎもせず、水に浸かっている。

「冷たい水に浸かる時は、ジッとしているべきだ……動けば、体温を余計に持っていかれる」

「ええ、まったくですね……」

「冷水の中で動き回るなんて、銃撃戦の中に自ら飛び込んでいくようなもの――」

「うりゃああっ！」

杏の言葉を遮り、球子が思いっきり三人に水をぶっかけた。

「ひゃあああ！」

杏の悲鳴が夜闇に響く。

「むむっ、不意打ちは卑怯ですよ、球子さん！」

球子に向き合い、身構えるひなた。

「うるさーいっ！　どうせ動いてもジッとしてても冷たいんだっ！　だったら、お前らも遊べーっ！」

「そうそう！　みんなも一緒に楽しもうよ！」

友奈も球子と同じように、水を浴びせてきた。

「くっ、ならば私も容赦しないぞ！」

と若葉も臨戦態勢を取る。

結局、五人で水かけ合戦になってしまった。

一人だけ川のそばに立ち、ぼぉっと夜空を見上げている千景に、友奈が声をかける。

「ぐんちゃん、そろそろ見張り交代するよ！」

「ええ……そうね」

どこか覇気のない声で答える千景。

「千景も水かけ遊び、やるかっ!?」

明るく声をかける球子。

「遠慮……するわ」

千景は素っ気なく答えた。

見張り役を交代した友奈は、落ち込んだ様子で水に

浸かる千景の様子を、心配そうに見つめていた。

水浴びを終えた後は、テントの中で睡眠を取る。明日も朝から長距離を移動するのだから、休息は充分に取っておかなければならない。

ただし、やはり見張りは必要なので、交代で二人は起きておくことにした。今は友奈とひなたが見張りとして、テント前で焚き火を囲んでいる。

「ふぁぁ……今日は神戸で、明日は大阪かぁ。まだまだ先は遠いね」

あくびをしながらまったり話す友奈に、ひなたは微笑む。

「そうですね。その後は東京、諏訪、そしてもっと北……」

諏訪は昨年から連絡が途絶えているが、人が生き残っている可能性の高い地域の一つである。諏訪の状況を確認した後は、さらに北方まで足を伸ばす。

「ヒナちゃんはスゴイね。勇者じゃないから、普段はバーテックスと戦ったりしないのに、全然怖がったりしないし」

「まったく怖くないと言えば嘘になりますが、皆さんと一緒ですから」

「その勇気、勇者級だよ！」

「ふふ、ありがとうございます」

ひなたはふと思いついて、尋ねてみた。

「そういえば、友奈さんは……何か勇者として戦う理由があるんですか？」

巫女であり勇者のお目付け役のような立場であるひなたは、勇者たちの人間関係や精神状態にも気を配っている。

彼女たちは身体能力や戦闘力こそ人間離れしているが、内面は中学生の少女にすぎない。脆いところや、不安定な部分も多い。しかし友奈は勇者たちの中で、いつだって明るく振る舞い、迷いなく戦い続けていた。人の心の中をすべて知ることはできないから、その明るさはもしかしたら空元気なのかもしれないけれど、それでも友奈の心の強さは特筆すべきものがある。

彼女はどういう思いで勇者として戦っているのか。ひなたは以前から気になっていた。

「う〜ん、理由、かぁ。あんまり考えたことなかったけど――」

友奈は腕を組んで首をひねった後、笑顔を浮かべて言う。

「勇者になって、頑張ってバーテックスと戦ったら、人を助けることができる。人をたくさん助け続けてたら、少しずつ元の世界を取り戻していけるって思うんだ！」

その言葉を聞いて、ひなたは少しだけ友奈の心を理解できた気がした。

彼女は信じているのだろう。

人の力を。

未来の希望を。

その揺るぎない気持ちが、彼女の心の強さを作っているのかもしれない。

友奈は立ち上がって、夜空を見上げた。

「ううん、本当はもっと簡単なことなのかも！　『勇者』って、なんだかカッコいいでしょ。戦う理由は、それが一番だよ、きっと！」

友奈の屈託のない笑顔。

彼女と一緒にいると、ひなたも明るい気持ちになってくるから不思議だ。

その時、風によるものとは異質な、木の葉のざわめきが聞こえた。

「!?」

友奈とひなたは周囲を見回す。森の方から、木の幹が軋む音も聞こえてくる。

二人はすぐに音の原因を悟った。

「皆さん、起きてください!!　バーテックスが近づいて来ています！」

ひなたが声をあげると、テントの中で眠っていた四人が、勇者専用武器を持って出てくる。

「なんだー、マーライオンー？」

「一文字しか合ってないよ、タマっち先輩！　ちゃんと起きて！」

まだ意識が半分眠っているのか、頭がふらふらしている球子を、杏が揺さぶって起こしている。

「敵……」

千景は意識こそはっきりしているようだが、目が充血していた。口調もどこか疲れが見える。もしかしたら、今までずっと起きていたのかもしれない。

「休む暇もないな……!」

若葉はそう言いつつ、スマホを取り出して勇者に変身する。

直後──白い巨体の化け物どもが、森の木々を軋ませながら姿を現した。


現れたバーテックスの数は十体前後だった。今の若葉たちにとっては敵ではない。

勇者たちはバーテックスを殲滅した後、今日の移動を再開することにした。一度この場所を嗅ぎつけられた以上、他のバーテックスも寄ってくる可能性があるから、ここに留まることはできない。また、もう夜も明けかけていたから、休むよりも移動を開始した方がいいと判断した。

夜明けの冷たい空気の中を、勇者たちは飛ぶようにして移動していく。神戸の次に向かう場所は大阪だ。

「そういえば、大阪の梅田駅あたりには、すっごく広い地下街があるみたいですよ。そこだったら雨風の心配もないし、シェルターみたいにして避難している人がいるかもしれません」

杏の言葉に、若葉は頷く。

「そうだな……地下ならば、出入り口を塞いでしまえばバーテックスも侵入できないだろう。地上よりも安全かもしれない。そこに行ってみるか」

ひなた、友奈、球子、千景も賛成し、梅田に向かうことになった。

人が生き残っている可能性がある場所を、しらみ潰しに調べる──それ以外に、彼女たちにできることはない。


大阪駅と梅田駅は地下街で繋がっている。そしてこの二つの駅には数多くの鉄道が通っており、そのせいで地下街は複雑な構造を持つ。

阪急神戸線の線路を辿り、若葉たちは神戸から梅田駅に到着した。崩れ落ちた高架のそばに降り立つ。

大阪も、岡山や神戸と同じく、既に破壊の限りを尽くされていた。

「あああぁぁああ!?」

突然、杏が絶叫をあげた。

バーテックスの出現かと、若葉たちは全員身構えて

周囲を見回す――が、敵の姿はない。

「どうしたんだ、あんず？」

　球子が杏に声をかけると、彼女は青ざめたまま、高架下の一角を指差した。かつては数多くの店が並んでいたのだろうが、今はすべて建物ごと壊れている。

「こ……このあたりはですね、確か大阪で有名な古書店街だったんです！　ひどいです！　ものすごく貴重な本が……世界に一冊しかない本だってあるかもしれないのに！」

　体を震わせながら、涙目で言う杏。

「なんだよ、びっくりした。本くらい別にいいじゃんか」

「タマっち先輩はわかっていません！　本は人類の英知の結晶なんですよ！　むうぅ、バーテックス、許すまじ……！」

　憤慨する杏を、友奈が「大丈夫だよ、きっと貴重な本は四国に運び込まれてるよ！」となだめている。なかなか珍しい光景だった。

　若葉はそんな杏たちの様子に苦笑する。

　まだこれだけ元気でいられるのだから、私たちは大丈夫だ――若葉はそう思った。


　駅周辺もやはり無残に破壊されていたが、地下道へ入る階段は残っていた。

　階段には瓦礫の他に、どこかの店で使われていたであろう棚やテーブルなどが散乱している。恐らくバリケードが作られていた跡だ。しかしそのバリケードも、破壊されてしまったのだろう。

「…………」

　その光景を見て、若葉は眉間に皺を寄せた。

　バリケードを破壊したのはバーテックスだろうか。

　地下は侵入路を塞ぎやすい反面、一度バーテックスに侵入を許してしまえば――逃げ道がなくなる。待っているのは地獄絵図だけだ。

　他の五人も、同じことを考えたのだろう。出入り口の前で足を止め、表情を曇らせている。

「――いや、確かめてみないと、何もわからない」

　若葉は階段に向かって足を踏み出す。

　地下は冷たい空気と静寂が支配していた。既に電気も通っていないため、出入り口から少し奥へ進むと、

もう暗闇だ。持ってきた懐中電灯であたりを照らす。

　地下街は地上に比べれば元の状態を保っているが、階段やエレベーターなどが壊れていたり、床や壁には亀裂が走っていたりと、やはりバーテックスの襲撃を受けた跡が見えた。

　出入り口近くに設置されていた地下街の地図をスマホで撮影し、その地図を見ながら歩いていく。

「誰かいないか――――ッ!?」

　通路を歩きながら、時々若葉はそうやって呼びかけるが、エコー以外に返ってくるものはない。

「人がいた痕跡はあるのですけどね……」

　ひなたが地下街に設置されたゴミ箱を見ながらつぶやく。ゴミ箱の中には、空になった缶詰やペットボトルや弁当の箱などが詰め込まれ、入りきれない分は周辺の床に散らばっていた。それらのゴミはかなり昔のものだろうが、かつてはここで食事が行われていたのだ。

　歩いていると、各所で防火用シャッターが降りていたり、バリケードが作られていたりする。侵入してきたバーテックスに、必死で抵抗したのだろう。しかしシャッターもバリケードも、今は破壊されていた。

　半時間ほど地下街の中をさまよい歩いただろうか。円形の広場のような場所に出た。

「な……なんだよ、これっ!?」

　球子が驚いた声をあげる。

　円形の広場の中央には、噴水のような設備があるが、当然ながら水はもう吹き出していない。

　そしてその周辺に――白骨が大量に積み上げられていた。

　杏が悲鳴をあげた。

　ひなたは驚いて力が抜けたのか、その場に座り込んでしまった。

　他の四人も白骨の山を見ながら呆然と立ち尽くしている。

「……ひどい……地上は、ボロボロになって、地下も、こんな……」

　千景は呻くような声でつぶやいた。

　若葉は噴水へと近づく。放置された大量の白骨は、冬に積もった雪を思わせた。

　いったい何人分の死体になるのだろうか。

数十？　いや、百以上？

若葉は床に落ちている一冊のノートに気づいた。拾い上げ、中を見てみる。この地下街に避難していた者の日記だった。

「……くっ……！」

読み進めながら、ページをめくる若葉の手が、やるせなさと怒りで震えていた。

（10話完）

乃木若葉は勇者である

Nogi Wakaba
wa YUSHA
de aru

乃木若葉は勇者である

Nogi Wakaba
wa YUSHA
de aru

白鳥歌野は勇者である
—特別書きおろし番外編—
Shiratori Utano
wa YUSHA
de aru

どんなつらい目にあっても、
人は必ず立ち上がれる——
その言葉が支えだった。
だから彼女は、いつだって前を向いていた。
いつだって明るく笑っていた。
この閉じた世界で、理不尽な世界で、
彼女の姿は何よりも眩しかった。

突き抜けるような青空が広がっていた。

夏の日差しが容赦なく大地に降り注ぐ。

藤森《ふじもり》水都《みと》は、友人である白鳥《しらとり》歌野《うたの》が鍬《くわ》を振るう姿を、畑のそばから見守っていた。歌野の周りでは、同じく鍬を振るって畑を耕す大人たちの姿がある。みんな汗を流しながら、作物を育てる大地に向き合っていた。

ここは長野県守屋山《もりやさん》のふもと近くにある平地。

歌野と大人たちは、野菜を作るための畑を耕しているのだ。

「皆さん、そろそろ休憩にしましょう！」

歌野の言葉で、周りの大人たちも作業の手を止め、汗を拭った。今年の野菜はうまくできっかや、農耕機があればなぁ、贅沢は言えねえよー、などと雑談しながら木陰に入っていく。長野は避暑地として有名なため、涼しいと思われがちだが、実は気温や日差しは日本の他地域と変わらない。真夏の農作業は、気をつけないと日射病になってしまう。

（私にはとてもできないなぁ……）

水都は苦笑する。畑を耕す作業は特に力が必要だから、そもそも女子中学生には難しい。それを楽しそうにこなしてしまう歌野が変なのだ。

（勇者の加護もあるんだろうけど、何よりうたのんが畑大好き人間だから）

そんなことを思っていると、頬に棒のようなものが当てられた。

「痛い痛い、トゲが痛いから、キュウリを押し当てるのはやめて、うたのん」

「ひんやりしてて、いいでしょう？」

水都が振り返ると、キュウリを持った歌野の姿があった。抱えた籠の中に、キュウリとトマトがたくさん入っている。今日収穫された野菜だろう。

「今年も美味しくなってるわ。他の野菜も出来は上々ね」

歌野は包丁を取り出し、刃の背でこすってキュウリのトゲを落とす。そしてパキリと音を立てて二つに割ると、その片方にかぶりついた。

「んー、味も良し！　みーちゃんも食べてみてよ！」

二つに割ったもう片方のキュウリを、水都に差し出してくる。水都は受け取って、小さな口でかぷりと噛みついた。夏野菜特有の心地よい冷たさと瑞々しさが、口の中に広がる。

「おいひい」

「でしょう！」

歌野は嬉しそうに笑顔を見せる。その明るい顔を見ていると、水都も嬉しくなる。

水都は口の中のものを飲み込んで言う。

「うたのんは本当、畑をイジるのが大好きだねえ」

「いずれは農業王になる女ですので！」

「農業王……なんだかすごそうな響きだ」

「でも、農業王の上には農業大王、さらにその上には農業神がいるの。農業道は奥深く、エンドレス……」

どこか遠くを見つめる歌野。

「あはは、うたのんの考える農業界はどんな組織図になってるんだか。だいたい、農家の子でもないのによくやるよ」

「そんな私が農作業を好きになる……それがディスティニー。みーちゃんも一緒に耕してみれば、きっと農業の素晴らしさがわかるわ」

「いいよ、私は。虫、苦手だし」

「そっかぁ、残念」

と言いながらも、歌野は特に気にした様子もなく、キュウリをポリポリと食べている。

（畑仕事してるうたのんを見るのは、好きだけどね）

水都は水筒から紙コップに麦茶を注いで、歌野に渡した。

「ありがと」

歌野はコップの麦茶を飲みながら、木陰で休んでいる大人たちの姿を見る。真夏の農作業で疲労はしているものの、みんなの顔には充実感が浮かんでいた。

「みんな、明るい顔をするようになったわ」

微笑ましげに言う歌野に、水都は頷く。

しかし彼らも、初めからこんなに前向きだったわけではない。

あの日――三年前、空からあの化け物たちが出現した時から、今までに起こったことを、水都は思い返す……。

二〇一五年、七月末。

各地で地震や異常豪雨など、様々な自然災害が頻発し、日本中が混乱に陥った。

さらに追い打ちをかけるように出現したバーテックスたちは、人々を容赦なく殺していき、人類は絶望の淵に叩き落とされた。

バーテックス出現直後、長野は諏訪湖周辺に結界が形成され、結界内での被害はなかった。だが、運悪く結界の外にいた者は被害を免れず、多くの者が命を落とした。

そんな中で、勇者として覚醒したのが白鳥歌野。彼女は自らの危険を顧みず、結界の外に出てバーテックスと戦い、多くの人を助け出した。

水都が歌野に出会ったのはその時だ。長野の人々が混乱しながら結界内へと逃げ込む中、彼女は化け物と戦う歌野の姿を見た。

後に歌野と水都は、唯一バーテックスに対抗し得る存在――『勇者』と『巫女』であると、四国の大社から通信で告げられた。二人で諏訪の人々を守り、導きなさい、と。

だが歌野も水都も、しょせんは十四歳の少女に過ぎない。長野の住人は幼い彼女たちの力を、信用することができなかった。

絶望し、生きる気力をもなくしかけていた人々に、歌野は呼びかけた。

「今は苦しい状況ですが、きっと活路が見つかります。人間は何度でも立ち上がることができるはずです！　今はその時に備えて、みんなで力を合わせて暮らしていきましょう！」

歌野は自ら鍬を振るい、畑を耕した。

「結界の中で暮らしを保っていくために、自活が必要です。畑を耕し、魚を獲りましょう！　生き抜いていくために！」

初めは歌野に同調する者は少なかった。こんな狭く

閉じた地域で、人類が生き残れるはずがない。いずれ自分たちは全滅する……と誰もが諦めていた。

だが歌野は諦めず、人々に呼びかけ続けた。たった一人で畑を耕し続けた。

「今まで人間はどんな災害に遭っても、生き抜いてきました。きっと私たちは、また立ち上がれるはずです！」

しかもバーテックスは結界を破ろうと、執拗に攻撃を仕掛けてくる。その度に歌野は戦った。また、外から諏訪へ避難してくる人がいれば、危険を顧みずに結界を出て、彼らを助けた。

彼女は一度も弱音を吐かなかった。

いつも笑顔だった。

傷ついても、誰からも認められなくても。

彼女は一人の犠牲者も出さず、諏訪を守り続けた。

そんなふうにして、一年が過ぎた頃——

希望を失わずに頑張り続ける歌野に、一人また一人と、住人たちは協力し始める。ある者は歌野と共に畑を耕し、また別の者は諏訪湖へ船を出して魚を獲るようになった。

やがて、彼らの顔に笑顔が戻り始めた。

何もせずにただ悲観しているよりも、体を動かしていた方が、暗い気持ちも紛れる。現実逃避などでは決してない。人々は前を向いて歩き始めたのだ。

『どんなつらい目にあっても、人は必ず立ち上がれる』

それが諏訪の人々にとっての合言葉となった。

木陰で休んでいる大人たちの姿を見ながら、水都は思う。

（結局うたのんだけで、諏訪のみんなを引っ張ってるんだよなぁ）

バーテックスと戦い続けているのも、諏訪の人々を元気づけて生きる気力を与えたのも、すべて歌野だ。

トマトにかぶりついている親友の姿を見ながら、水都は彼女のことを素直にすごいと思う。もし勇者と巫女という立場が逆でも、水都は歌野のように振る舞えなかっただろう。

——突然、耳障りなサイレン音が辺り一帯に鳴り響いた。

大人たちの顔に緊張が浮かぶ。

このサイレン音は、バーテックスの襲撃を報《しら》せる警報だ。

だが、歌野は慌てず明るい口調で、周りの人々に告げる。

「スクランブル！　勇者白鳥歌野、征《い》ってまいります！」

そして迷いなく駆け出していく。

普段通りの歌野の姿を見て、周りにいた人々の表情からすぐに怯えと緊張は消えた。駆けていく勇者に、みんなが声をかける。

「頑張って」「無事で帰ってきてくれ」「信じてる」「頼んだ」

その声を受けながら、歌野も元気よく応える。

「はい！　絶対に諏訪と皆さんを守りますから、結界の境界には近づかないよう、避難していてください！」

「待って、うたのん！　私も行く！」

走っていく歌野の後を追って、水都も駆け出していった。

歌野と水都がやってきたのは、畑からすぐ近くにある諏訪大社上社本宮《すわたいしゃかみしゃほんみや》。そこの神楽殿《かぐらでん》には、勇者専用の武器と装束が保管してある。

諏訪を治める神は、武神にして地の神の王子。かつてその神は、対立する神と戦う際に、藤蔓を武器として戦ったという。神威の力を宿した彼の藤蔓は、敵神が振るう鉄製の武器さえ打ち砕いた。

歌野の勇者専用武器である鞭には、武神の藤蔓と同じ霊力が宿っている。

さらに歌野は、農作業用の服を脱いで、神の加護が宿った装束を身にまとう。多少動きにくさはあるが、肉体へのダメージが軽減される。

「みーちゃん！　バーテックスが来てる場所は!?」

着替えながら問う歌野。

敵襲のサイレンが鳴り始めた時から、水都の脳裏に抽象的なイメージが浮かんでいた。これは巫女が受ける神託である。諏訪の土地神が敵の侵攻場所を教えているのだ。

「ここから東南方向！　狙いは多分、上社前宮《かみしゃまえみや》だよ！」

「奴ら、前宮の『御柱《みはしら》』を狙ってるのね。ふふん、じゃあここからが私の見せ場ということで！　ショーの

始まり！」

　着替え終わった歌野は、神楽殿を飛び出した。

「あぁ〜、行っちゃった」

　歌野の後ろ姿を見ながら、水都はため息をつく。

　勇者である彼女が走る速さに、巫女の水都はついて行くことができない。それでも、ただジッとしていることもできず、人の足で歌野を追いかけるのだ。

『御柱結界』――諏訪を守る結界は、そう呼ばれている。

　土地神が宿る諏訪大社は、上社本宮、上社前宮、下《しも》社春宮《しゃはるみや》、下社秋宮《しもしゃあきみや》の四社に分かれて諏訪湖周辺に建っていた。四社の境内には巨大な柱がそそり立つが、三年前のバーテックス襲来時、それと同様の柱が四社を結んだ線上に大量出現した。柱は結界を形成し、その内部にバーテックスが入ってくることはできない。

　しかしバーテックスは大群で現れ、結界を形成している御柱への攻撃を繰り返した。

　御柱の耐久力も無限ではない。もし折られて結界が破られれば、諏訪は壊滅してしまう。御柱を守るためにバーテックスを撃退するのは、勇者である歌野の役目だ。

　だが、それでも限界がある。襲来するバーテックスの数はだんだんと多くなっていき、土地神は結界の範囲を縮小して強度を上げることで、激化する襲撃に耐えようとした。二〇一八年現在、既に下社春宮と秋宮の二社は破棄され、結界が守っている範囲は諏訪湖東南の一帯だけである。

　肩で息をしながら、やっと水都が上社前宮の境内にたどり着いた時には、既に歌野はほとんどのバーテックスを倒し終わっていた。

　歌野の無事な姿を見て、水都はホッとする。

（……よかった、今回も大丈夫そう）

　歌野の振るう鞭は空中を縦横無尽に動き回り、御柱に襲いかかるバーテックスたちを次々に打ち据えていった。打たれた化け物たちは、体が腐食して朽ち落ち、消滅する。

「あなたで――ラストッ！」

　最後の一体を打ち倒した後、歌野はふーっと息をつ

いて、水都の方を振り返った。

「あ、みーちゃん。来てたのね」

「まぁ、うん……心配だったから」

「ふふん、この私が負けるわけないわよ。見ての通りのビクトリー！　みーちゃんこそ危ないから、避難してた方がいいのに」

　結界の境界である御柱の近くは、バーテックスがギリギリで侵入できる場所だ。水都が襲われる可能性だってある。

「ま、みーちゃん一人くらい、私が守るからいいけどね！　さーて、帰って畑の続きをやらないと」

　あっけらかんと言って踵《きびす》を返す歌野に、水都はちょっと驚く。

「え、畑仕事、まだやるの!?　バーテックスと戦った時くらい、休んでもいいんじゃ」

「ノンノン。作物は人間に合わせて待ってはくれないわ。それに――」

　勇者の少女は笑顔で言う、

「畑を耕すっていう『日常』を大切にしたいの」


　バーテックスとの戦いから戻ると、歌野と水都は人々から盛大に感謝される。

　特に歌野は、住人たちから口々に賞賛の言葉を受けた。

「ふっふっふ、それほどでもありますよ！　もっと褒めてください！」

　歌野はけっこう自信家で、目立ちたがり屋なのだ。

　その後、歌野はまた人々と共に畑を耕し、水都はそれを見守る。

　これが歌野と水都の――否、諏訪の日常だった。

　化け物たちの脅威に怯えながらも、人々は神と勇者と巫女に祈りを捧げ、日々を懸命に生きる。

　諏訪は四国に比べて神の恵みが少ないため、物資も資源も不足して生活は苦しい。それでも人々は、自給自足のささやかな暮らしに幸せを見出していた。

　青空の下で鍬を振るう歌野の姿を、水都はいつまでも目を細めて見つめていた。


　藤森水都はとても気が弱く、大人しい少女だった。

　物心付く前から両親や祖父母の仲が悪かったせいで、

周囲の人間の顔色をうかがい過ぎるようになってしまったのだろう。自己主張が苦手で、性格が暗い、何を考えているのかわからない、とよく他人から言われた。そのせいで自信が失われ、余計に引っ込み思案になって、また自信が失われて……限りなく落ちていく。

中学生になった頃には、意志も存在感も希薄な少女になってしまっていた。

「あんた、そんなことじゃ将来苦労するわよ」

母親は水都の性格に苛立ち、冷たくそう言った。

こんな自分の将来なんて想像もできない。けれどきっと今と同じように、何もできずに誰の目にも止まらずに、ひっそりと生きていって一生を終えるのだろう。

だから水都にとって、歌野との出会いは衝撃だった。

歌野はまったく物怖じしない性格で、みんなの先頭に立って他人を引っ張っていく。

周りからどう思われようと躊躇《ためら》わない。自分が信じる道を堂々と突き進む。

そして、いつの間にかみんなの中心に立っている。

まるで自分とは正反対——水都はそう思ったのだ。

八月も終わりが近づいてきたある日。

上社本宮の参集殿《さんしゅうでん》に設置された通信設備で、歌野は四国と連絡を取っていた。四国は諏訪の他に唯一、人類生存が確認されている地域だ。乃木若葉という少女をリーダーに、五人の勇者によって防衛されている。

今、歌野と通信しているのも若葉だ。

「はい、今日も襲撃はありましたけど、無事に撃退しました。……………私、強いですから、こう見えても。って、この通信じゃ見えませんね。…………ええ、他はいつも通り畑を耕していました。…………自慢の信州野菜を、乃木さんに送ってあげたいくらいですよ」

通信している歌野を、水都は部屋の隅で本を読みながらチラリと見る。

若葉と話している歌野は楽しそうだ。

こういう時、水都はなんだかよくわからない気分になる。心がざわついて、落ち着かない。

「それでは、またこの時間に。……通信を終えます」

歌野は四国との通信を切る。そして水都の方を振り向いて、怪訝そうな表情を浮かべた。

「みーちゃん、なんでそんなジト目なの？」

「……うたのん、四国と通信してる時の喋り方、変だよ。何々ですとか、敬語で大人ぶって。似合わない」

「一応、四国との通信は勇者の公式な仕事だから、丁寧な言葉遣いにしないと。というか、電話とか手紙だと、なんとなく丁寧語にならない？」

「ならない」

　水都は素っ気なく答える。

「え、オンリー私？　でも、乃木さんも丁寧語なんて使ってないわね。というか、乃木さんの喋り方って、武士みたいでなんだか面白いのよ。普段からあんな喋り方なのかしら。そういえばこの前は――」

「私、ご飯食べてくる」

　歌野の言葉を遮って、水都は立ち上がる。なぜかこれ以上、歌野の話を聞いていたくなかった。

「待って待って、みーちゃん！」

　歌野は慌てて水都の手を掴んで止める。

「私も行くわ。みーちゃんと一緒に食べる方が、ご飯も美味しいものね」

「…………」

　屈託のない歌野の笑顔を見ると、水都の心のざわめきは静まっていく。

「……うん、行く」

　日が暮れて空気が茜色に染まる中、歌野と水都は行きつけの蕎麦屋に入った。

　信州蕎麦――それは長野が日本に誇る郷土料理である。蕎麦粉の原料となる穀物『ソバ』は、高冷地で育てやすいため、長野の風土に適している。そのため蕎麦は長野で多く作られるようになり、住人にとって欠かせない食べ物となった。高い技術で作られた手打ち式であること、麺における蕎麦粉の使用量や加水量が一定基準を満たしていることなど、厳しい条件をくぐり抜けたもののみが、『信州蕎麦』を名乗ることができる。

「うん、おいしい！」

　ざる蕎麦をすすり、歌野が感激の声をあげる。ほとんど毎日食べていても飽きないのは、信州蕎麦が優れた料理であることの証明だ。

「温かい汁につけた蕎麦もいいけど、夏はやっぱりざる蕎麦よね。実にクールディッシュだわ」

「うたのんはいつも大盛りだね」

「畑を耕す体力は、まず食べないと出てこないから！　特に蕎麦は、なんとアミノ酸スコアが一〇〇なのよ」

「アミノ酸スコア……？」

「蕎麦には、いいたんぱく質が含まれてるってこと！」

そう言いながら、歌野は水都の二倍の速さで食べていく。

「でもソバの畑を増やさないと、蕎麦粉が足りなくなりそう。ソバは成長が早いから一年に二回収穫できるけど、本当言うと結界の外の高地が栽培に向いてるのよね――……」

食べながらも、歌野の頭の中は大好きな農作業のことでいっぱいのようだ。

「……うたのん、さっきはごめん」

「え？　なんのこと？」

「怒ったみたいな態度取って……」

水都が不機嫌になってしまったのは、歌野が自分以外の誰かととても仲良くしていたからだ。幼稚な独占欲。

「私にはうたのんが眩しいよ。いつも前向きで、一生懸命で、みんなの中心にいて……長野のみんなが、四国の乃木さんだって、うたのんのことが好きだろうし」

それとは反対に、水都はネガティブな性格なせいで、友達と呼べる存在は歌野だけしかいない。だから歌野が自分以外の誰かと仲良くしているのを見ると、不安になる。自分だけが置いて行かれるのではないかと思うのだ。

「みーちゃんだって、みんなから大人気だと思うけど。長野の人は誰だってみーちゃんのこと好きだし、すごいって思ってるわ」

「それは私がたまたま巫女に選ばれたから……だからうたのんとも友達になれて、特別視されているだけだよ」

歌野は勇者という立場に関係なく、元々前向きで努力家で、だから誰もが彼女に好意を抱く。『巫女だから』『白鳥歌野のパートナーだから』という理由で愛されている水都とは、根本的に違う。

（私は何も持ってない……たまたま巫女に選ばれていなかったら、きっと誰も――）

「こら、みーちゃん！」

　歌野は叱るように言って、水都の額をつついた。

「後ろ向きに考えないの。みーちゃんは自分のすごさに気づいてないだけよ。だって私、知ってますから。みーちゃんが人を助けてたこと」

「え……？」

「昔、結界の外から避難してきた子供を、バーテックスから助けてたでしょう？　みーちゃんが自分で結界の外に出て、バーテックスを自分に引きつけて……そのお陰で、その子は無事に避難できた。本当にすごいことよ」

「それは……結局その後、うたのんが来てくれたから助かったんだよ。私だけだったら、あの子も私も殺されてた……」

「でも、普通はできないわ。戦う力を授かった私が人を助けるより、ずっとずっと勇気がいることだから。だから——みーちゃんだって勇者よ」

「ありがと……」

　水都は照れて目を逸らしながら言う。

（けど、私があんなふうに頑張って人を助けようと思えたのは……やっぱり、うたのんが前に立って頑張ってるからなんだよ）

　歌野の存在が、水都に勇気を与えてくれる。

　歌野がいるから、水都はほんの少しだけ特別になれる。


　諏訪と四国は、日に日に回線が繋がりにくくなっていった。

『もちろん、うどんの方が優れている……ザー……比べるまでもない』

「ええ、比べるまでもなく、蕎麦の方が優れているのは明らかです」

『……ザー……香川のうどんを食ったことがあるのか？　……ザー……輝かんばかりの純白さ……』

　諏訪の土地神の力が弱まっていることを、歌野も水都も感じていた。

　しかし歌野は変わらず、明るく前向きな姿を見せ続けた。

　毎日、畑を耕して。

　バーテックスが襲撃してきたら戦って。

定期的に四国と通信して。

——そうやって、バーテックス出現の日から四度目の諏訪の夏は、過ぎていく。

そして九月。

大規模な襲撃が起こった。

敵の数はあまりに多く、歌野はかなりの傷を負った。

大量のバーテックスに囲まれ、体当たりでふっ飛ばされ、口のような器官で喰いつかれ……それでも最終的にはすべての敵を打ち倒し、諏訪に一切の被害を出さなかった。

戦闘が終わった後、歌野は病院へ行くよりも先に、通信設備がある上社本宮の参集殿にやってきた。

「うたのん、何やってるの!?　傷の手当てしないと！」

歌野の後を追ってきた水都はそう訴えるが、歌野は無理に作った笑顔で答える。

「今日は……四国との通信の日でしょ？　ちょっと時間、過ぎちゃってるけど……」

いつもの定期連絡の時間より、二時間は遅れていた。

「傷の治療が先だよ！」

「四国との連絡も、私の大切な『日常』なの。だから、守っていかないと——」

その時、四国から通信の呼び出しが掛かった。

歌野は通信機をオンにする。

『——四国の乃木だ。今日は連絡が遅れ……ザー……ザー……』

通信のノイズがいつも以上に大きい。言葉もほとんど途切れ途切れにしか聞こえない。

「すみません、乃木さん。少々こちらで大きな戦闘があって、ごたついておりまして」

『……ザー……構わない。何かあった……ザー……』

「本日午後、バーテックスとの交戦がありました」

『……ザー……被害は……ザー……』

「問題ありません。私は傷を負ってしまいましたが、敵は撃退。人的被害は無しです」

時々、傷の苦痛に顔を歪《ゆが》めながらも、歌野は普段通りを装って話す。

そんな歌野を見ながら、水都はやるせない気持ちになった。

結界は狭まり、土地神の力は弱まり、バーテックス

の攻撃は激しさを増していく。

　歌野も分かっているはずだ――諏訪はきっと長く保たない。

（もう限界だよ……土地神様……！）

　水都は訴えるように心の中で叫んだ。けれど、その声が神に届いているのかわからない。巫女と言っても、神との会話は常に一方通行――神から巫女へと神託が告げられるだけだから。

　昔の神託では、四国でバーテックスへの反撃準備が整った時、四国と諏訪で挟撃して国土を取り戻すと伝えられていた。四国にはバーテックス対策機関である『大社《たいしゃ》』があり、しかも勇者が五人もいる。準備さえ整えば、きっと戦況を好転できるから、それまで待つように、と。しかし――

（もう待てないよ……！　諏訪が……うたのんが……これ以上は無理だよ……！）

　水都に新たな神託が下ったのは、それから間もなくだった。

　かつてないほどの大襲撃が起こる。

　バーテックスによる総攻撃となるだろう。

　恐らく結界は破られる。諏訪内部への侵攻は避けられない――と。

　しかし神託が下った後でも、歌野は変わらなかった。畑に実った収穫間近の野菜を見ながら、歌野は嬉しそうに言う。

「カボチャ、大根、とうもろこし。うんうん、グッドなグローイング具合。そろそろ次に植えるものも考えないといけないわね……ねえ、みーちゃん。本宮に保管してある種、何が残ってたかな」

「……いろいろ残ってたと思う。ソバとか、ダイコンとか……」

水都は声が震えるのを抑えるのに必死だった。

「ああ、いいわね。ソバとダイコンなら、種をまくのにジャストな季節だし」

「――うたのんは……！」

　明るく答えた歌野に、水都は言葉を詰まらせながら言う。

「うたのんは、どうしてそんないつも通りなの……？

怖くないの!?　私たちは、もう、明日……！」

殺されるだろうという言葉が、喉まで出かかった。

歌野がいくら強くても、前回の戦い以上の規模になれば、きっと勝てない。

さらに、結界が破られれば、化け物どもは諏訪に殺到するだろう。

そして諏訪は壊滅する。

歌野はいつもと変わらぬ笑顔で――

「怖いよ。本当はすごく怖い」

そう言った。

笑顔は次第に崩れ、歌野の表情にはっきりと恐怖が浮かぶ。水都が歌野のこんな顔を見るのは初めてだった。

「でも、怖くても……何もできないのは、絶対に嫌。怯えて何もできなくて……目の前で人が死んでいくのは、もっと怖いから……」

きっと歌野の本心だったのだろう。

歌野も無理をして頑張っていただけだったんだ――水都にもそれがわかった。

勇者の少女は、すぐにまた笑顔に戻る。

「大丈夫よ、私は一人じゃない。みーちゃんがいる。離れてるけど、四国にも勇者の仲間たちがいる。だから……だから、頑張れる」

「……っ！」

水都は泣きそうになった。けれど、必死に耐える。歌野が泣いていないのに、自分が泣くわけにはいかないから。

「そうだ！　みーちゃん、やりたいことがあるわ。私たちがここにいた証を……想いを、いつかきっとここに来る人たちのために、遺しておきたいの」

歌野は大きな木箱を持ってきて、中に鍬と一枚の手紙を入れた。

その後、歌野と水都の二人で畑のそばの地面を掘って、木箱を埋めた。

「いつか誰かが、これを見つけてくれたら……私たちの想いは繋がっていく。願いは託される……きっと」

歌野はそう言って微笑んだ。

夕暮れの中で、二人の影が長く伸びていた。

そして、最後の日が始まった。

「……フィニッシュ！」

歌野は上社本宮の御柱を襲撃してきたバーテックスの、最後の一体を鞭で打ち倒す。白い化け物は奇妙な鳴き声をあげて消滅した。

「はぁ……はぁ……さすがの私も、つらいわね……」

倒れそうになった歌野を、水都が駆けつけて支える。

「うたのん！　しっかり！」

「うぅ……ありがと」

さっき倒した一群で、今日何度目の襲撃だろうか。朝からずっと、バーテックス襲撃を報せるサイレン音が鳴り止まない。

人間離れした体力を持つ勇者とはいえ、歌野の疲労は限界に来ている。体中に怪我も目立つ。

しかしこれまでの戦いは、バーテックスの総力ではない。神託で告げられたほどには、敵の数が多くないのだ。あくまで様子見か、歌野の体力を削るための先遣隊だろう。

突如、水都の脳裏に抽象的なイメージが浮かぶ。

（あ……また、神託が……）

その意味するところは――

諏訪の結界を取り囲むように、凄まじい数のバーテックスが出現している、と。

「来た……これが、総攻撃だ……」

水都の体の震えが止まらない。

諏訪の終わりが、始まる。

けれど、歌野は。

「……そろそろ、四国と、通信の時間ね。行かないと……」

ボロボロになって、絶望が目の前に迫っても、歌野は日常を守ろうとしていた。

水都も、もう彼女を止めようとはしない。

歌野を支えながら、一緒に参集殿へと歩いて行く。

「……いえ、ちょっとしつこいバーテックスを退治してやっただけです……今日は、朝からずっと、戦い続けてる感じで……。バーテックス襲来の影響で、通信機が壊れてしまったみたいですね。……しばらく通信はできなくなりそうです」

参集殿の中で、傷や疲労を押し隠しながら通信する歌野の姿を、水都は何も言えずに見つめていた。

　通信機が壊れたというのは嘘だ。しかし諏訪は今日で終わる。だから、通信はもうできなくなる。

「そちらも大変だと思いますが……頑張ってください。……諦めなければ、きっと、なんとかなるものです。……私も、無理な御役目かと思いましたが……予定より二年も長く続けられて。たくさんの野菜を育てられましたし……乃木さんとも友達になれましたし……とても幸せでした。ああ、もうノイズばかりで……ほとんど声が聞こえませんね」

　歌野は最後に、噛みしめるように告げる。

「乃木さん、後はよろしくお願いします」

　そして彼女は通信を切った。

　もうこの通信機が四国と繋がることは、二度とないだろう。

　水都は歌野のそばに寄り、そっと抱きついた。もう我慢しようとしても、目から涙がこぼれてしまう。

「泣かないで、みーちゃん」

　困ったような笑顔を見せる歌野。こんな時でも、歌野の態度はいつもと変わらない。

「……今、また、神託があったの。最後の神託だって……」

「どんなお告げだったの?」

　歌野は泣きじゃくる水都に、優しく問う。

「よく三年も諏訪を守り続けたって……うたのんと私が敵を引きつけていたお陰で、四国は敵に対抗する基盤ができたって……」

「そっか……」

　諏訪は四国に戦闘態勢が整うまでの囮《おとり》だったのだ。歌野も水都も、薄々とは気づいていたが。

「こんなのって……!」

　あまりにも理不尽だと、水都は思う。

　けれど歌野は、安心したように微笑んでいた。

「よかった……本当に。私たちが頑張ってきた三年間は、無駄じゃなかったのね」

　歌野と水都は、上社本宮の境内に立っていた。

　空を埋め尽くすほど大量のバーテックスが、結界の周囲に浮かんでいるのが見える。一部のバーテックスは融合し、元の個体とは異なる形に巨大化していく。

間もなく、化け物どもは一斉に雪崩れ込んでくるだろう。

「ねえ、うたのん」

「何?」

「うたのんは将来、農業王になるんだよね?」

「うん。私が作った野菜を、たくさんの人たちに食べてもらうの。それが私の夢」

「そっか。……私はね、夢なんて持ったことがなかった」

「……」

「きっと何にもなれないような、つまらない人生を送るんだって思ってた。だから……夢なんてなかった」

「みーちゃん……」

「でもね、うたのんに出会って変わった。うたのんがそばにいてくれれば、私でも何かになれるんじゃないかって思ったんだ」

「うん……」

「ねえ、私は将来、宅配屋さんになるよ。それでうたのんが作った野菜を日本中に、ううん、世界中に届けるんだ」

「……世界? ワールドなの!?」

「そう、世界中」

「エクセレントね!」

「最初は仕事のやり方がわからなかったり、うたのんと方針の違いでケンカしたり、なかなかうまくいかないんだ」

「うん」

「でも、ケンカしても、すぐに仲直りして。だんだん、ちゃんと宅配の仕事もできるようになって」

「うんうん!」

「うたのんの野菜は評判がいいから、口コミでいろんな人から注文が殺到するんだ。私は毎日、忙しく働いて、たくさんの野菜を届けて」

「うん」

「そのうち、大人も、子供も、貧しい人も、お金持ちも、みんなうたのんの作った野菜を食べて、笑顔になる」

「……」

「それが……私の夢」

「……だったら……」

歌野は空を埋め尽くすバーテックスたちへと目を向けた。

「みーちゃんと私の夢のために、この世界を壊させるわけにはいかないわよね！」

白い化け物たちが、一斉に上社本宮へ雪崩れ込み始める。

「みーちゃん。私もね、あなたが一緒にいてくれたから、今日まで頑張って来れた」

そう言って微笑んで。

勇者の少女は、地面を蹴って跳躍した。

「うん……最後まで一緒にいるよ、うたのん。ずっとここで見てるから……」

化け物の群れに向かっていく歌野の最期の姿を、水都はその場から一歩も動かず、いつまでも見つめ続けていた。


（番外編・完）

乃木若葉は
勇者である

Nogi Wakaba
wa YUSHA
de aru

設定画集

Nogi Wakaba
wa YUSHA
de aru

乃木《のぎ》若葉《わかば》

受けた恩と報いは必ず返す、義理固く生真面目な少女。四国の勇者たちを率いるリーダーとなる。

PROFILE

身長	163cm
年齢	14
血液型	A
趣味	鍛練（居合が得意）
好きな食べ物	うどん、骨付鳥
大切なもの	誇り

高嶋《たかしま》友奈《ゆうな》

　誰よりも仲間や友達を気づかう、明るく優しいムードメーカー。プライベートには謎が多い。

勇者装束

PROFILE

身長	154cm
年齢	14
血液型	データ無し
趣味	不明
好きな食べ物	うどん
大切なもの	家族、友達

制服・冬服
制服・夏服

郡《こおり》 千景《ちかげ》

複雑な家庭環境を持つ、寡黙で内向的な少女。友奈には心を開いているが、若葉や球子は性格上苦手。

PROFILE

身長	159cm
年齢	14
血液型	A
趣味	ゲーム
好きな食べ物	うどん
大切なもの	勇者の力

土居《どい》球子《たまこ》

自分のことを〝タマ〟と呼ぶ、わんぱくなお調子者。杏のことを守るために戦っている。

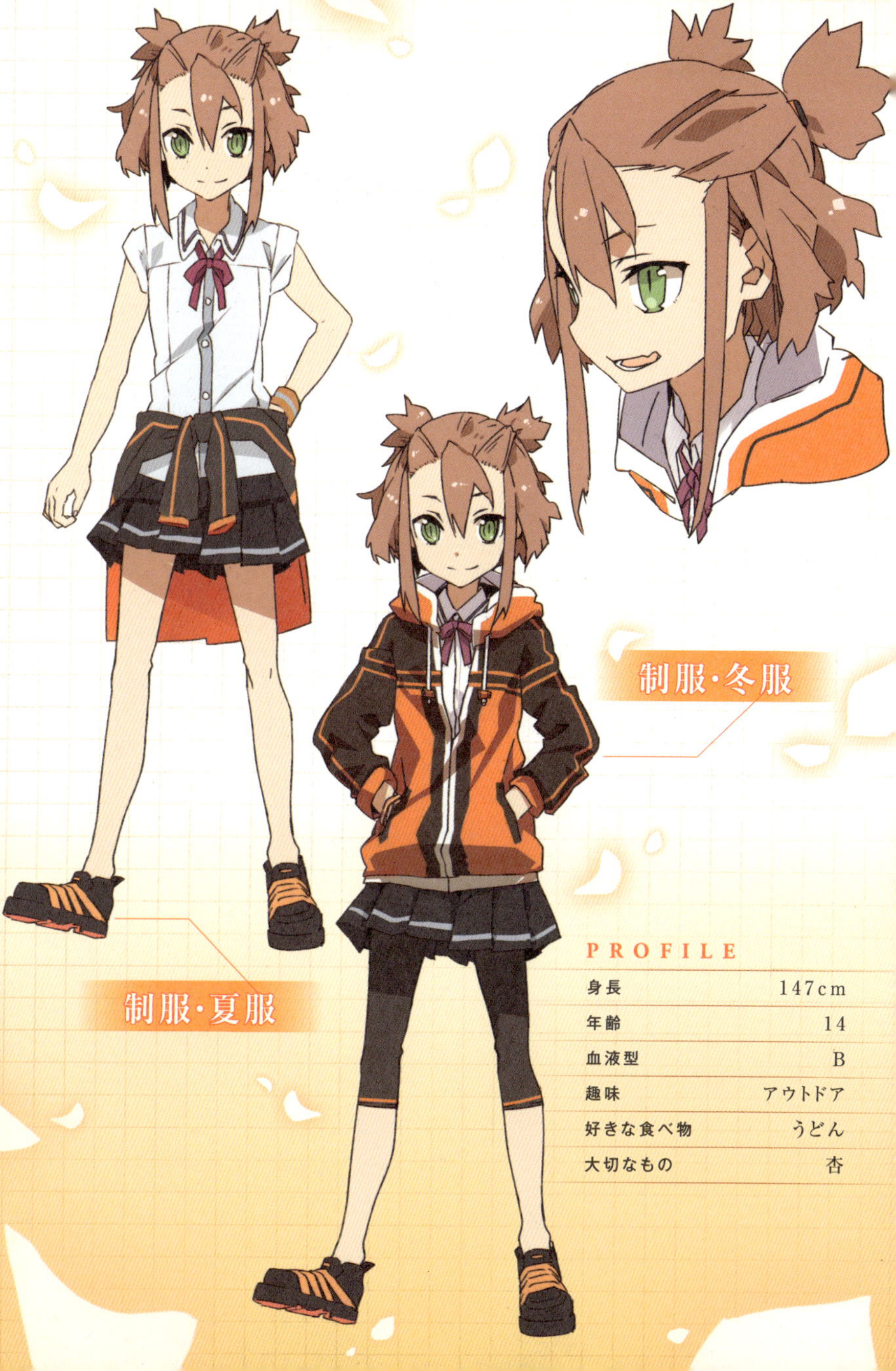

PROFILE

身長	147cm
年齢	14
血液型	B
趣味	アウトドア
好きな食べ物	うどん
大切なもの	杏

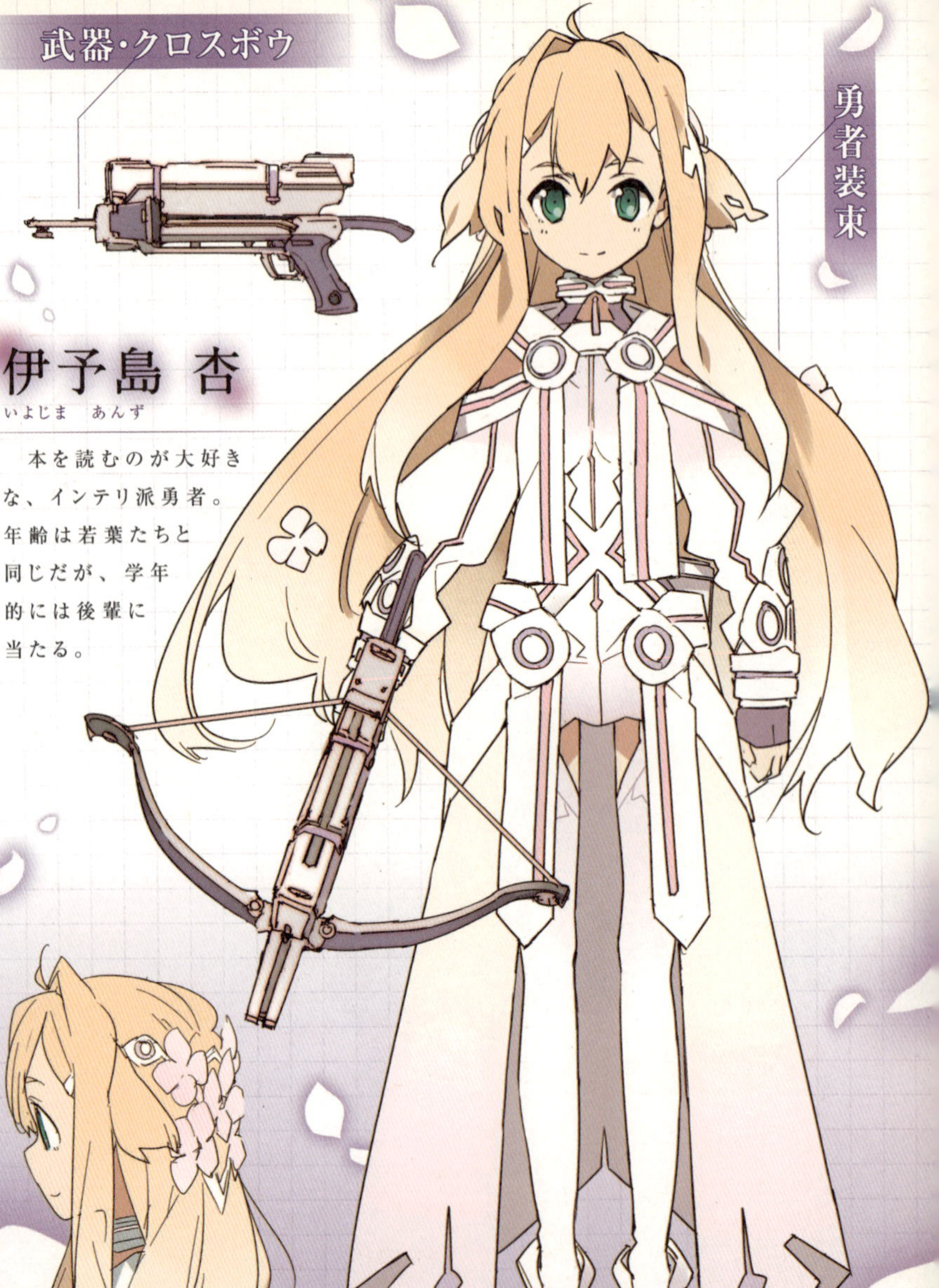

伊予島《いよじま》 杏《あんず》

本を読むのが大好きな、インテリ派勇者。年齢は若葉たちと同じだが、学年的には後輩に当たる。

PROFILE

身長	156cm
年齢	14
血液型	A
趣味	読書
好きな食べ物	うどん
大切なもの	球子

上里《うえさと》ひなた《ひなた》

　巫女の力に目覚めた、若葉の幼なじみ。外見も内面も大人びており、若葉の世話をよくしている。

制服・冬服

制服・夏服

PROFILE

身長	150cm
年齢	14
血液型	AB
趣味	家事
好きな食べ物	うどん、骨付鳥
大切なもの	皆の笑顔

白鳥《しらとり》歌野《うたの》

　諏訪地域を1人で守る勇者。自分をアピールしたがる陽気な性格だ。農業にどっぷりハマり中。

武器・ムチ

勇者装束

PROFILE

身長	158cm
年齢	14
血液型	O
趣味	農作業
好きな食べ物	そば
大切なもの	農作物

藤森《ふじもり》水都《みと》

歌野とは強い絆で結ばれた、諏訪地域の巫女。感受性は高いが、自分に自信が持てないでいる。

巫女衣装

PROFILE

身長	152cm
年齢	14
血液型	A
趣味	特になし
好きな食べ物	そば
大切なもの	歌野

D.K&JWWORKS
描き下ろしデザインを公開!

『乃木若葉』の世界を蝕むバーテックスたち

突如天より降り注ぎ、瞬く間に人類を滅亡の危機へと追いやった謎の化物・バーテックス。ここでは、ノベルのために D.K&JWWORKS さんに新たに描き下ろしていただいた進化体バーテックスのデザインとともに、その強敵たちの一部を紹介していこう。

星屑《ほしくず》

出現　第1話～

空から現れた無数の白い化物の総称。人間を真っ先に狙い、口のような器官で喰らい尽くす。高い知能を持ち、個体同士での融合によりさまざまな形に進化する。

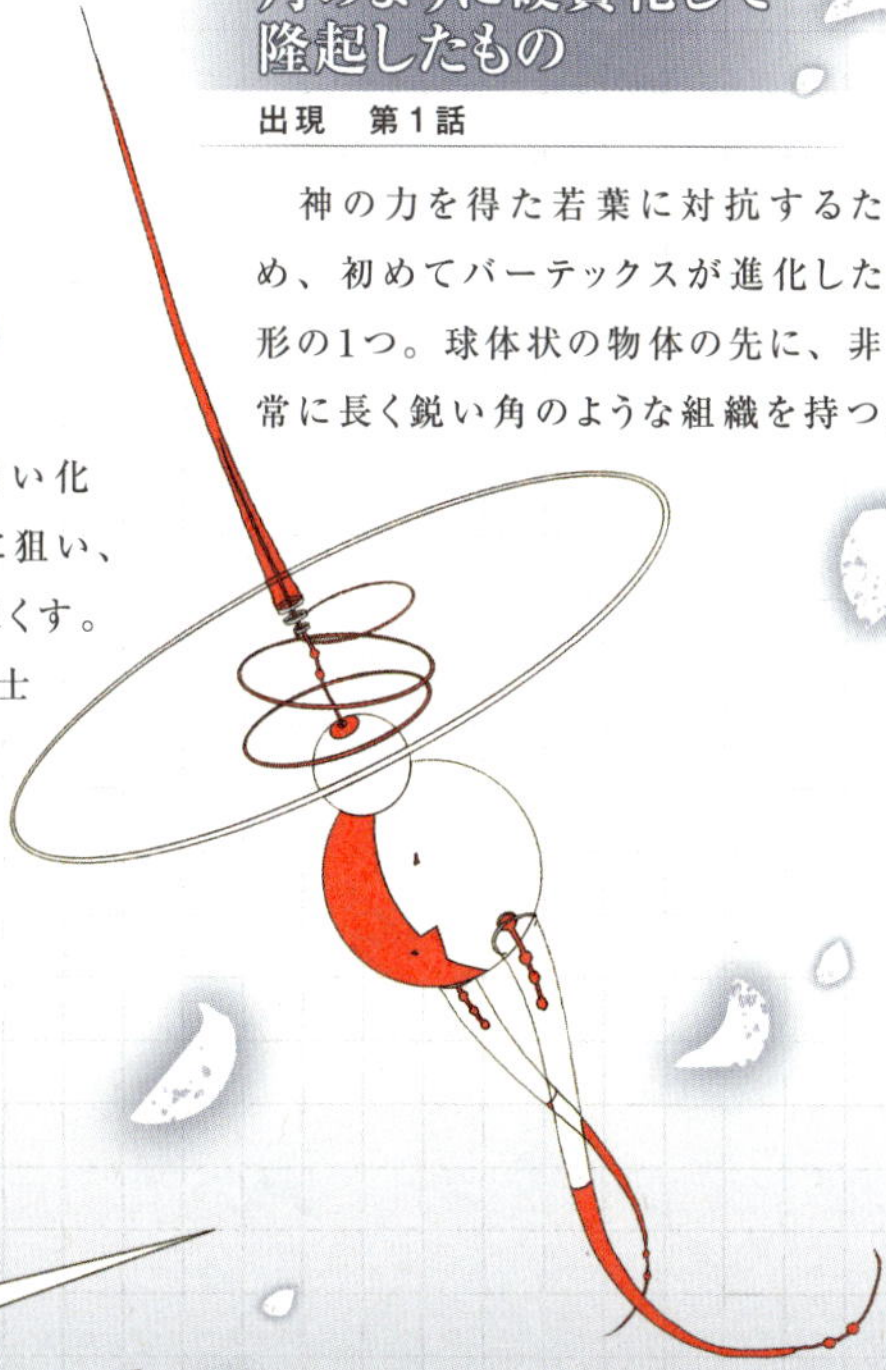

星屑10体以上が融合

角のように硬質化して隆起したもの

出現　第1話

神の力を得た若葉に対抗するため、初めてバーテックスが進化した形の1つ。球体状の物体の先に、非常に長く鋭い角のような組織を持つ。

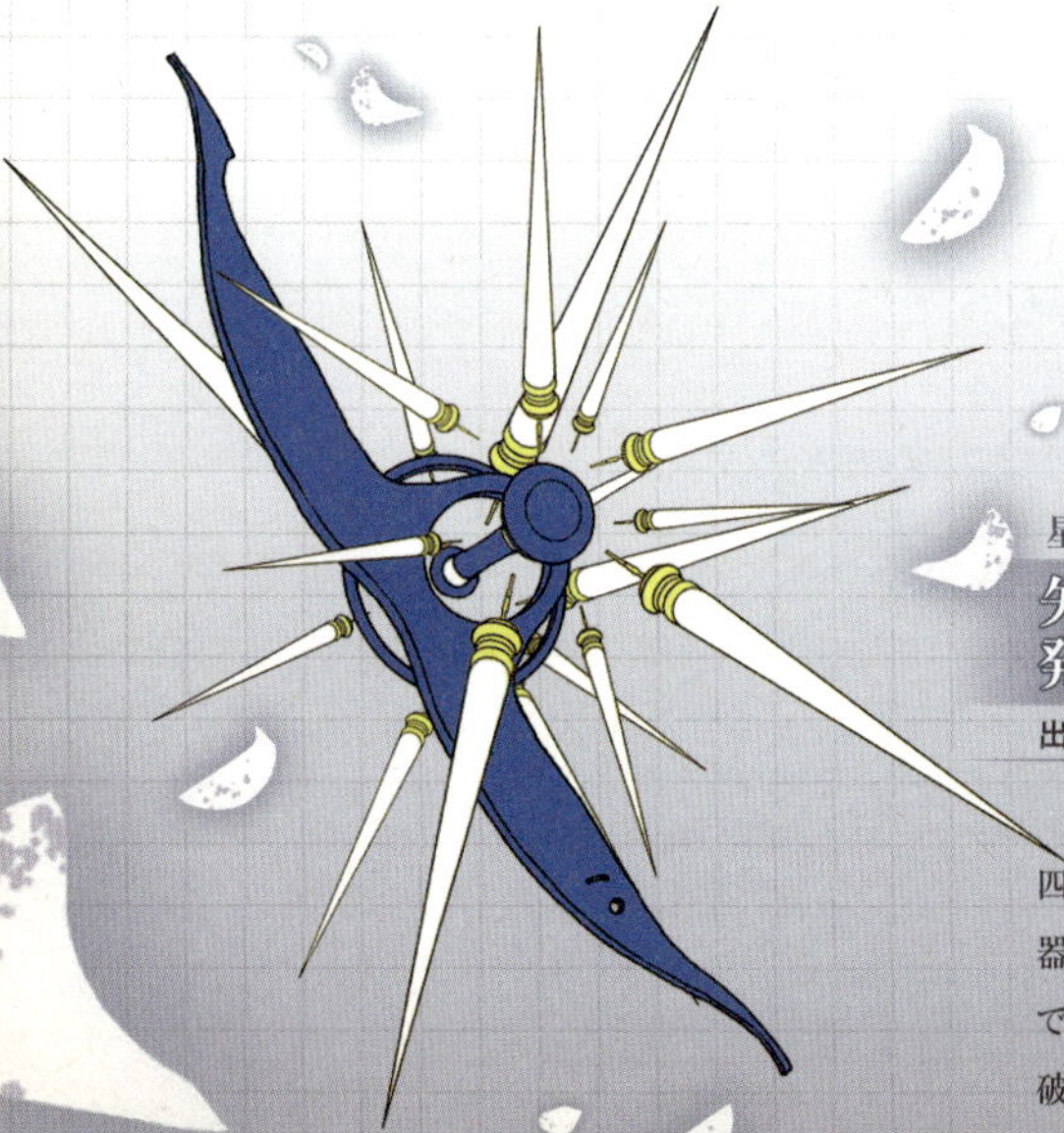

星屑10体以上が融合

矢のようなものを発生させたもの

出現　第1話

初めて進化を遂げた形状の1つ。四方八方に向けた鋭い矢のような器官が特徴。矢は射出することができ、一撃で神楽殿の三分の一を破壊するほどの威力を持つ。

『乃木若葉』の世界を蝕むバーテックスたち

星屑10体以上が融合

ムカデのように長い体形のもの

出現　第1話

星屑同士が集まり、初進化を遂げた形状の1つ。多数の体節の1つ1つから、足のような器官が生えている。人間の腕を想起させる形状の尾脚が不気味だ。

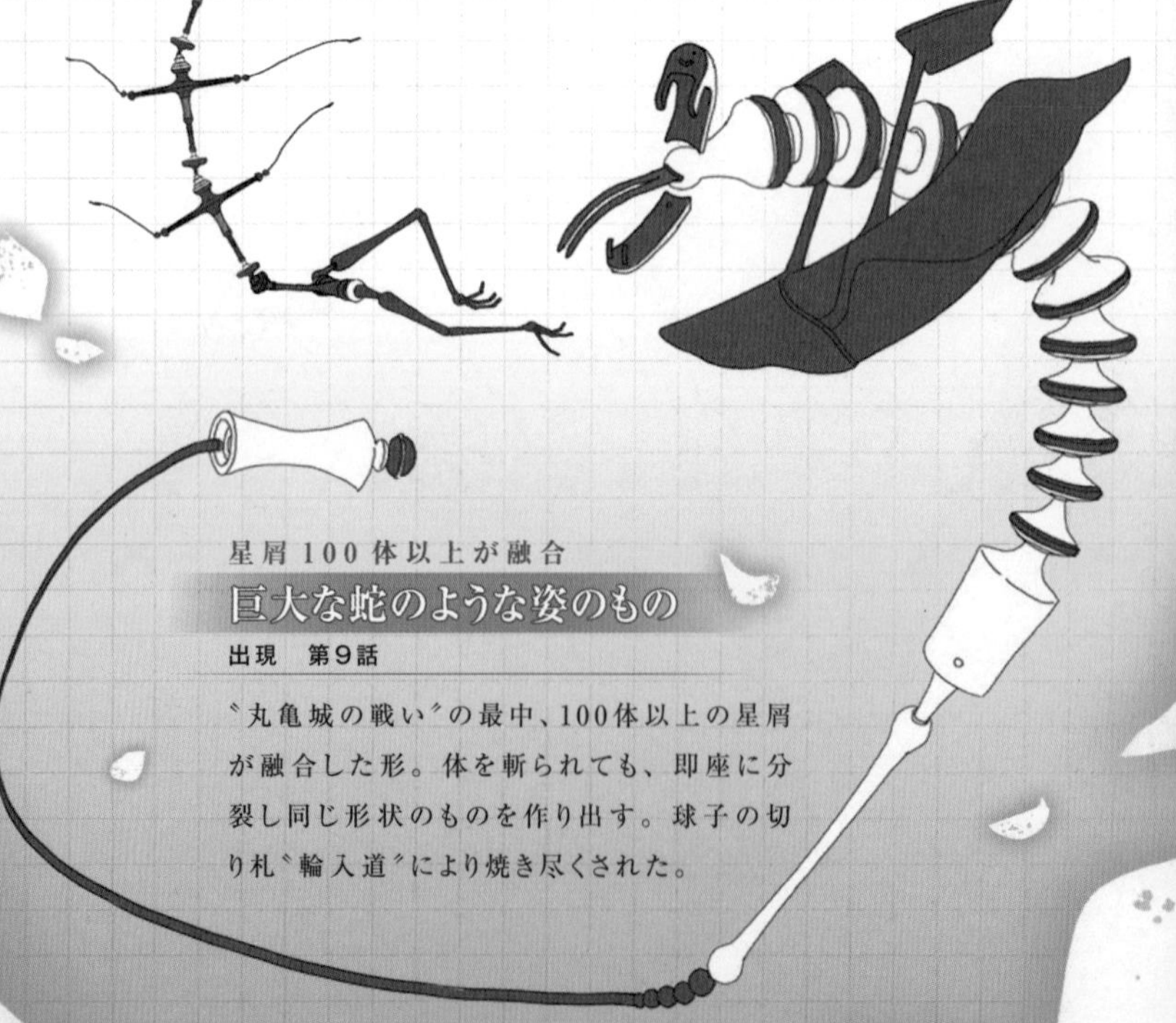

星屑100体以上が融合

巨大な蛇のような姿のもの

出現　第9話

〝丸亀城の戦い〟の最中、100体以上の星屑が融合した形。体を斬られても、即座に分裂し同じ形状のものを作り出す。球子の切り札〝輪入道〟により焼き尽くされた。

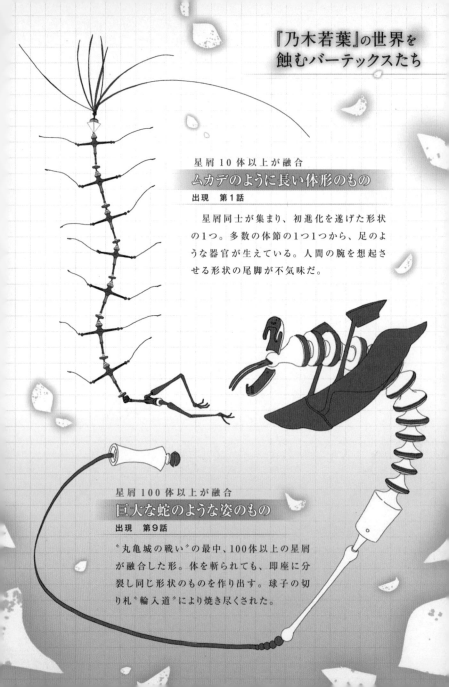

乃木若葉は
勇者である

Nogi Wakaba
wa YUSHA
de aru

西暦の時代の勇者たち

朱白あおい

本作品『乃木若葉は勇者である』は、TVアニメ『結城友奈は勇者である』の前日譚を描いた物語です。『結城友奈』の前日譚といえば、まず『鷲尾須美は勇者である』があるのですが、この『乃木若葉』の時代設定は『鷲尾須美』よりもさらに遥か昔となっています。

毎話の冒頭に記載されている勇者御記の日付が「西暦」。『結城友奈』と『鷲尾須美』は、年を数えるのに「神世紀」とされていました。『乃木若葉』は、視聴者・読者の皆様の時代と、『結城友奈』『鷲尾須美』の時代を繋ぐお話と言えます。

若葉たちの時代と友奈（結城の友奈です！）たちの時代では、非常に大きな時間の隔たりが存在します。そのため、人々の暮らし、社会、勇者システム、四国を守る壁や樹海など、様々な所に細かな違いがあります。しかし最も大きな違いは、勇者たちそのものの在り方ではないでしょうか。

若葉たちの時代の勇者は、とても弱い存在です。戦闘能力的な面でも、精神的な面でも。戦闘面で言えば、若葉たちが戦っている相手は、友奈たちの時代では「星屑」と呼ばれているもので、満開状態の勇者が一人いれば一瞬で何百何千と倒せるような敵です。そんな敵相手に、五人がかりでも悪戦苦闘してしまう。守ってくれる精霊もおらず、勇者としての基礎的な防御力も低く、ちょっとしたことで負傷も起こる。また精神面で言えば、勇者になるまでの生活環境に問題がある者も多く、ほぼ全員が不安定な内面を抱えています。勇者たち個々人も、お互いに確執があったり、自分の置かれている立場に反発を覚える者がいたり……勇者としては、問題児ばかりだと言えるかもしれません。そんな少女たちが悩み苦しみながら、世界のために戦っていくことになります。

さて勇者以外のところで言えば、「大赦」が「大社」であったり、瀬戸内海の壁や樹海が不完全であったり、武器にそれぞれ由来となる神話があったりします。若葉と千景以外の武器に関しては今後明かされていきますので、日本神話に興味がある方は、何が由来となっているか想像されてみても面白いかと思います。

上巻は四国外調査の前編まで。下巻では、四国外調査の後編から最終話までが描かれます。彼女たちの物語がどのような結末を迎えるのか……西暦の時代の勇者たちを、今後も応援していただければと思います。

それでは、最後に謝辞を。毎回盛り上がる展開を考えてくださる原案・構成のタカヒロ様、いつもカッコいい&かわいい美麗イラストを描いてくださるBUNBUN様、設定面などにおいて様々な示唆をくださるプロデューサーの青木様、雑誌連載中の毎号の記事や校正などをしてくださる編集の内山様、また勇者であるシリーズのプロジェクトに関わるすべての方々に、お礼を申し上げます。そして何よりも、勇者であるシリーズを応援してくださるファンの皆様に、最大の感謝を‼

乃木若葉は勇者である 上

Nogi Wakaba wa YUSHA de aru

2016年6月30日　初版発行

企画原案・シリーズ構成	タカヒロ（みなとそふと）
執筆	朱白あおい
イラスト	BUNBUN
バーテックスデザイン	D.K & JWWORKS
監修	Project 2H
SPECIAL THANKS	青木隆夫（Studio 五組）
デザイン	5GAS DESIGN STUDIO 株式会社アイダックデザイン
編集	内山景子（電撃 G's magazine 編集部）
協力	ポニーキャニオン 毎日放送 Studio 五組
発行者	塚田正晃
プロデュース	アスキー・メディアワークス 〒102-8584 東京都千代田区富士見 1-8-19 電話　03-5216-8385（編集） 電話　03-3238-1854（営業）
発行	株式会社 KADOKAWA 〒102-8177 東京都千代田区富士見 2-13-3
印刷・製本	共同印刷株式会社

Printed in Japan
ISBN978-4-04-865937-6　C0076

小社ホームページ　http://www.kadokawa.co.jp/

［初出］電撃G's magazine 2015年9月号～2016年6月号（KADOKAWA刊）